سمندر کے نیچے

(ناول)

سلطانہ آصف فیضی

Samunder ke neeche
by: Sultana Asif Faizi
Edition: December '2024
Publisher :
Taemeer Publications LLC (Michigan, USA / Hyderabad, India)

ISBN 978-81-19022-07-6

کتاب	:	**سمندر کے نیچے** (ناول)
مصنف	:	**سلطانہ آصف فیضی**
صنف	:	ادب اطفال
ناشر	:	تعمیر پبلی کیشنز (حیدرآباد، انڈیا)
سالِ اشاعت	:	۲۰۲۴ء
صفحات	:	۱۱۲
سرورق ڈیزائن	:	تعمیر ویب ڈیزائن

فہرست

۱۔ بے آواز دنیا	5
۲۔ سمندر کا عجائب گھر	۲۱
۳۔ جہاز کا سفر	۳۸
۴۔ جہازی نے کیا کہا؟	۵۲
۵۔ سمندر کیسے بنا؟	۷۳
۶۔ مونگے کی چٹان	۹۳

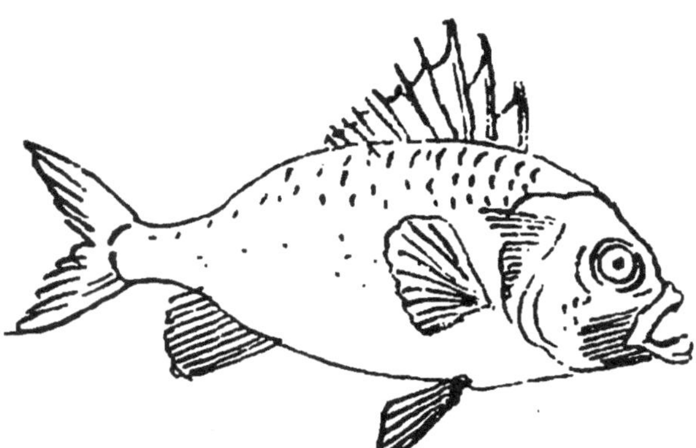

پیش لفظ

اپنی پہلی کتاب "سمندر کے کنارے" کی قدردانی اور بچوں میں اس کی مقبولیت دیکھ کر مجھے ہمت ہوئی کہ اسی سلسلے کی ایک اور کتاب بچوں کی دلچسپی کے لیے پیش کروں در اصل یہ اس پہلی ہی کتاب کی دوسری کڑی ہے اس میں گہرے سمندر کے نیچے بسنے والے جاندار اور پودوں کا حال قصے کے پیرائے میں بیان کیا گیا ہے۔ چوں کہ سمندر کا عجائب خانہ بچوں کے سامنے پیش کرنے کی خاطر اس میں بحیرہ عرب سے لے کر دنیا کے بعض سمندر اور کئی بر اعظم کی سیر کرائی گئی ہے اس لیے اس کو پڑھتے وقت بچے اپنے سامنے دنیا کا نقشہ کھول کر رکھ لیں تاکہ انھیں مختلف شہروں اور الگ الگ سمندروں کا حال سمجھنے میں آسانی ہو۔

کتاب میں مچھلیوں اور پودوں کے نام مجھے مجبوراً انگریزی ہی میں لکھنے پڑے ہیں۔ حالانکہ میری خواہش تھی کہ اگر ان کا ترجمہ اُردو میں مل سکے تو بات زیادہ سہل اور سادہ رہے گی مگر باوجود ورق گردانی کے ان کے ہم معنی نام نہ مل سکے البتہ کچھ مچھلیوں کے ناموں کا میں نے اپنے ڈھنگ سے ہندوستانی میں ترجمہ کرنے کی کوشش کی ہے۔

میں جناب غلام احمد فرقت صاحب کی خدمت میں اظہار تشکر پیش کرتی ہوں کہ انھوں نے کتاب کی تصحیح فرما کر میری ہمت افزائی فرمائی۔

امید ہے یہ دوسری کتاب بھی بچوں کے لیے باعث دلچسپی ثابت ہوگی۔

سری نگر کشمیر

سلطانہ آصف فیضی

(۱)

بے آواز دُنیا

نازو نے چترا سے کہا "چلو جلدی چلیں ورنہ بیٹھنے کی جگہ بھی نہ ملے گی۔"

چترا نے بستے میں کتابیں رکھتے ہوئے جواب دیا "بس ابھی چلتی ہوں۔ ذرا کتابیں تو رکھ لوں!"

نازو بے چین ہو کر بولی "تم تو بہت دیر لگا رہی ہو۔ دیکھو سب بچے ہال میں جا چکے ہیں۔"

چترا نے گھبرا کر اپنی آخری دو کتابیں بستے میں ٹھونستے ہوئے کہا "اچھا بھئی چلو۔" اور دونوں لڑکیاں اپنے بستے وہیں چھوڑ کر اسکول کے ہال کی طرف دوڑ پڑیں جہاں بہت سے بچے ان دونوں سے پہلے ہی آ کر قرینے سے بیٹھ گئے تھے۔ اونچی جماعت کی لڑکیاں بنچوں اور کرسیوں پر بیٹھی ہوئی تھیں اور نیچی جماعت کے بچے زمین

پر بچھی ہوئی چٹائی پر بیٹھے ہوئے تھے۔ ہر ایک بے چینی سے اُس فلم کا انتظار کر رہا تھا جو ابھی شروع ہونے والا تھا۔ ہال میں مکھیوں کی سی بھن بھناہٹ ہو رہی تھی۔ کیونکہ بچے آپس میں ہنس ہنس کر باتیں کر رہے تھے۔ چترا اور ناز و بھی گھس گھسا کر چٹائی کے ایک کونے پر بیٹھ گئیں۔

ناز و نے دیکھا کہ سامنے سینما کا پردہ لگا ہے اور اس کے پاس ایک صاحب ہاتھ میں لانبی چھڑی لیے کھڑے ہیں۔ بچے سمجھ گئے کہ یہی سمندر کے نباتات کے استاد ہیں جو آج فلم دکھا کر ان کو مچھلیوں کا حال بتانے والے ہیں۔ ہال میں اسکول کے دوسرے بہت سے ٹیچر بھی جمع ہیں۔ اور ہال بھی بچوں سے کھچا کھچ بھرا ہوا ہے۔

یکایک زمین پر چھڑی کھٹ کھٹانے کی آواز آئی اور اُسی وقت ہال میں سناٹا چھا گیا۔ پھر استاد کی آواز سنائی دی: "بچو! آج تمہیں ایسی فلم دکھائی جائے گی جو سمندر کے اندر اتاری گئی ہے۔ اس کی تصویریں فرانس کے مشہور

۷

غوطہ خور نے جن کا نام "جان کاسٹو" ہے، لی ہیں۔ وہ کئی سو فیٹ پانی کے نیچے جاکر تصویر کھینچتے ہیں۔ اس رنگین فلم میں تم کو سمندر کی وہ دنیا نظر آئے گی جسے روزانہ کی زندگی میں تم نہیں دیکھ سکتے ہو! سمندر کی دنیا بہ ظاہر ایک بے آواز دنیا معلوم ہوتی ہے، مگر دراصل وہ کچھ اور ہے۔ اس کی گہرائی میں ایسے ایسے عجیب جانور بستے ہیں جو ہماری دنیا کے جانداروں کی طرح کھاتے پیتے اور سوتے ہیں۔ ایک دوسرے سے لڑتے بھڑتے ہیں اور پانی کے اندر ہلچل مچائے رکھتے ہیں جس کے اوپر بیٹھ کر ہم کو خبر تک نہیں ہوتی۔ اب میں تم کو تصویروں کے ساتھ ساتھ مچھلیوں کے نام اور ان کی عادتیں بھی بتاتا جاؤں گا۔"

اس کے بعد کمرے میں اندھیرا ہو گیا، اور پردے پر رنگین تصویریں آنا شروع ہو گئیں۔ بچے ہمہ تن گوش بن گئے۔ جنیزا اور نازو نے بھی ایک دوسرے کو کہنی کا ٹھوکا لگا کے چوکنا کر دیا۔

۸

بچّوں نے دیکھا کہ سامنے ایک نیلے رنگ کا سمندر موجیں لے رہا ہے۔ موجوں میں چھوٹا سا پانی کا جہاز کھڑا ہل رہا ہے۔ جس کے عرشے پر تین چار غوطہ خور سمندر میں اُترنے کی تیاری کر رہے ہیں۔ ہر ایک نے نیلا جانگیا پہن رکھا ہے۔ ایک اپنی کمر کی پیٹی میں ٹارچ لٹکا رہا ہے دوسرا چاقو لگا رہا ہے۔ ایک نے ہلکی ربر کی تھیلی لٹکالی۔ پھر انھوں نے اپنے پاؤں میں ربر کے موزے چڑھا لیے جن کی بناوٹ ایسی تھی کہ وہ پنجوں سے چار پانچ انچ آگے کی طرف نکلے ہوئے تھے۔ اس کو پہن کر اُن کے پاؤں بطخ کے جِھلّی دار پنجے معلوم ہونے لگے۔ جن کی مدد سے بطخ پانی میں تیزی سے تیر لیتی ہے۔ پھر ایک غوطہ خور نے اپنے سر اور مُنھ پر ایک عجیب سا آہنی "کنٹوپ" پہن لیا جس میں آنکھوں کے پاس دیکھنے کے لیے شیشے لگے ہوئے تھے۔

استاد کی آواز آئی کہ" اس وقت تم جو سمندر دیکھ رہے ہو، یہ بحر اٹلانٹک ہے۔ پانی کا جہاز افریقہ کے پچھمی

9

کنارے کی طرف گہرے پانی میں لنگر ڈالے کھڑا ہے۔ شہر "ڈیبکر" کا بندرگاہ اس کے نزدیک ہے۔ لو دیکھو! غوطہ خور اپنی پیٹھ پر دو ہلکی پھلکی ایلومینیم کی بوتلیں باندھ رہا ہے ان میں "آکسی جن" بھرا ہوا ہے۔ بوتلوں سے دو ربر کی نلکیاں گلے کے پاس سے سامنے لاکر اس کے منھ میں لگادی گئی ہیں تاکہ گہرے پانی میں جاکر یہ انہی بوتلوں سے آکسی جن کھینچ کر سانس لے۔ ورنہ یہ سمندر کی گہرائی میں زیادہ دیر ٹھیر نہیں سکتا۔"

بچوں نے دیکھا کہ غوطہ خور ان چیزوں سے آراستہ ہوکر پانی میں اتر گئے اور سطح سمندر پر تیرنے لگے۔ پھر آہستہ آہستہ گہرائی میں جانے لگے۔ اور ذرا سی دیر میں بہت نیچے پہنچ گئے۔ یہاں پانی بالکل بے حرکت تھا۔ اس میں نہ لہر تھی نہ موج، نہ اجالا تھا نہ بالکل اندھیرا۔ جب غوطہ خور ٹارچ جلاتے تو پانی میں نیلی روشنی پھیل جاتی۔ یہ سب کے سب اس مزے سے پانی میں گھومنے لگے جیسے سیر کر رہے

ہوں۔ایک کے ہاتھ میں تصویر کھینچنے کا کیمرہ بھی تیار ہے کہ اگر سامنے سے کوئی جاندار نکل آئے تو اس کی تصویر کھینچ لے۔ تیرتے ہوئے یہ سب ایسی جگہ پہنچ جاتے ہیں، جہاں چھوٹے چھوٹے ٹیلے اور غار ہیں۔ آس پاس ریت پڑی ہے اور اس پر لانبی گھاس اُگی ہوئی پانی میں جھوم رہی ہے۔ ایک صاحب نے آگے بڑھ کر اطمینان سے غار کے اندر ٹارچ کی روشنی ڈالی جس کو دیکھتے ہی اندر سے چھوٹی چھوٹی گلابی اور سنہری مچھلیاں نکل آئیں اور غوطہ خور کے آس پاس گھومنے لگیں۔ ان مچھلیوں کی پیٹھ ایسی چمک رہی تھی جیسے کسی نے افشاں چھڑک دی ہو۔ ابھی یہ مچھلیاں گھوم ہی رہی تھیں کہ سامنے سے ایک بہت بڑی مچھلی تیرتی ہوئی آگئی جو بہت موٹی بڑی بدشکل تھی۔اس کا سر بڑا اور چپٹا تھا۔ اور آنکھیں گول اور چھوٹی تھیں۔ وہ اپنا منھ پھاڑ کر غوطہ خور کی طرف بڑھنے لگی۔ اس کا کھلا ہوا منھ دیکھ کر معلوم ہوتا تھا کہ ایک ثابت آدمی اس میں سما سکتا ہے۔

مگر اس کھلے ہوئے منھ میں ایک بھی دانت نہ تھا۔ اس کی ہیبت ناک شکل سے غوطہ خور پیچھے ہٹنے لگے۔

استاد کی آواز آئی کہ "اس مچھلی کا نام جیوفش (JEWFISH) ہے جو ہمیشہ منھ کھول کر سمندر میں گھومتی رہتی ہے تاکہ جب کوئی شکار سامنے آجائے تو اُسے ثابت نگل جائے۔ اسی لیے اس کو دیکھتے ہی وہ ننھی مچھلیاں سب غائب ہوگئیں۔ جیوفش انسان کو ضرر نہیں پہنچاتی۔"

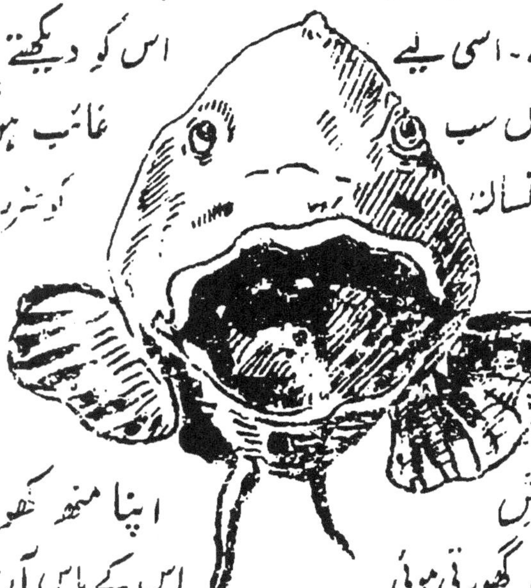

جبرا اور نازو نے دیکھا کہ جیوفش اپنا منھ کھولے غوطہ خور کو گھورتی ہوئی اس کے پاس آرہی ہے مگر پھر نہ جانے اس کو کیا خیال آیا کہ یکایک اس نے اپنا رخ بدل دیا اور تیرتی ہوئی دوسری طرف

نکل گئی۔

چترا نے جھک کر نازو سے کہا "ذرا دیکھو تو۔ وہ غوطہ خور جب اندر کی سانس باہر کو چھوڑتا ہے تو اس کی کنٹوپ سے پانی میں بلبلے اُٹھتے ہیں!"

نازو نے بھی تعجب سے دیکھا کہ غوطہ خور کے سر کے پاس سے سفید بلبلے تھوڑے تھوڑے وقفے سے نکل کر اوپر کو جارہے ہیں۔

جیو فش کے غائب ہوتے ہی غوطہ خور پھر اطمینان سے سیر کرنے لگے۔ ایک پانی کی تہ میں ریت پر بیٹھ گیا اور اپنے چاقو سے گھاس کاٹ کر تھیلی میں بھرنے لگا کہ سامنے سے دو بڑے کچھوے آہستہ آہستہ تیرتے ہوئے آپہنچے۔ ان کو دیکھتے ہی دو غوطہ خوروں نے چپکے سے پیچھے جاکر ان کی ڈھال دونوں ہاتھوں سے پکڑلی۔ کچھوے جو اپنی دھن میں جارہے تھے، گھبرا کے چونک اُٹھے۔ دونوں کی گردنیں کھنچ کے لانبی ہوگئیں۔ دونوں پانی میں چپو کرتے

ہوئے تیزی سے تیرنے لگے۔ اور گھبراہٹ میں اپنا جھریوں بھرا گلا اِدھر اُدھر گھماتے رہے۔ مگر دونوں غوطہ خور انہیں مضبوطی سے پکڑے ہوئے خوش ہوکر اُن کے ساتھ تیر رہے تھے۔ مگر اس شرارت میں اپنے آپ کو کچھوؤں کے مُنھ سے بھی بچائے ہوئے تھے کہ کہیں پلٹ کر کاٹ نہ لیں۔ غریب کچھوؤں کی سمجھ میں نہیں آرہا تھا کہ اس آفت سے کیسے چھوٹ کر بھاگ جائیں۔ آخر اس کھیل سے تھک کر غوطہ خوروں نے اُن کی پیٹھ چھوڑ دی۔ اور وہ بچارے بھاگ گئے۔ اتنے میں سامنے ایک لانبی پتلی دو فٹ کی مچھلی نمودار ہوئی اور استاد کی آواز آئی کہ :-

اس مچھلی کو ٹرمپٹ فش (Trumpet Fish) کہتے ہیں۔ اس کا سر بڑا ہے اور جسم بگل جیسا لانبا اور پتلا یہ پانی میں ہمیشہ کھڑی تیرتی ہے۔ اس کی خاصیت یہ ہے کہ ہر وقت کسی دوسری مچھلی کے ساتھ لگی رہتی ہے۔ اس وقت یہ جس مچھلی کے ساتھ ہے اس کو طوطا مچھلی

Parrot Fish کہتے ہیں۔

بچوں نے دیکھا کہ ٹرمپٹ مچھلی پانی میں سیدھی کھڑی تیر رہی ہے اور اپنی پتلی سی دُم کو ہلاتی ہوئی اس دوسری مچھلی سے قریب رہنے کی کوشش کر رہی ہے جس کو استاد نے طوطا مچھلی کہا تھا۔ اس دوسری مچھلی کے جسم پر گہری ہری اور پیلی لکیریں تھیں اور چھوٹا سا لال مُنھ تھا۔ ٹرمپٹ مچھلی کی کوشش تھی کہ کسی طرح طوطا مچھلی کے قریب لگی رہے اور طوطا مچھلی اس کوشش میں تھی کہ ٹرمپٹ مچھلی سے پیچھا چھڑا کر بھاگ جائے۔ مگر جب وہ تیزی سے تیرتی تو ٹرمپٹ مچھلی بھی تیزی سے اپنی پتلی دُم ہلانے لگتی تھی۔ اور جب وہ رُک جاتی تو یہ بھی ٹھیر جاتی۔ گویا ٹرمپٹ مچھلی کہہ رہی ہے کہ "مجھے سہیلی بنالو۔" مگر دوسری مانتی ہی نہیں تھی۔

ایک غوطہ خور اپنے کیمرے سے ان دونوں کی تصویریں لے رہا تھا۔ اور دوسرا ٹارچ سے روشنی

ڈال رہا تھا۔ اس روشنی کی کشش سے بہت سی رنگ برنگی مچھلیاں آکر آس پاس گھومنے لگیں۔ ایک غوطہ خور اپنی تھیلی سے کچھ نکال نکال کر ان کی طرف پھینکتا جاتا ہے جسے وہ چھینا جھپٹی کر کھا جاتی ہیں۔

اتنے میں سامنے سے ایک موٹی تازی، گز ڈیڑھ گز کی بڑی مچھلی تیرتی ہوئی آگئی جس کی پیٹھ سے لگی ہوئی انگل کے برابر ایک چھوٹی پتلی مچھلی تیر رہی ہے۔

استاد بولے: "جیسے ہمارے زمین پر رہنے والے چوپایوں کی پیٹھ پر سے چھوٹے چھوٹے پرندے کیڑے مکوڑے چن چن کر کھاتے ہیں اسی طرح سمندر کی بڑی مچھلیوں کے ساتھ بھی چھوٹی چھوٹی مچھلیاں لگی رہتی ہیں۔ جو اس کے جسم سے کیڑے اور ان کے شکار کے بچے کھچے ٹکڑے کھا کر اپنا پیٹ پالتی ہیں۔ یہ ننھی سی پتلی اسی لیے اس موٹی تازی مچھلی کی پیٹھ کے ساتھ لگی ہوئی گھوم رہی ہے۔"

۱۶

استاد اتنا ہی کہنے پائے تھے کہ بچے کیا دیکھتے ہیں کہ سامنے سے ایک بڑی دیو قد مچھلی نمودار ہوئی جو دوسروں کے مقابلے میں ہاتھی معلوم ہو رہی تھی۔ اس کا رنگ مٹیالا اور سر اور تھوتھنی خوب بڑی تھی۔ اس کے کھلے ہوئے منھ میں دانتوں کی قطار نظر آرہی تھی اس کو دیکھتے ہی سب غوطہ خور وہاں سے رفو چکر ہوکر تیرتے ہوئے سطح سمندر پر آگئے۔

استاد بولے "یہ باریکوڈا (Barricuda Fish) مچھلی ہے جو شارک مچھلی کی طرح خوفناک اور خونخوار ہوتی ہے اور اپنے دانتوں سے مچھلیاں چبا کر کھا جاتی ہے۔"

اس کے ساتھ ہی پھر سے جہاز کی تصویر پردے پر نظر آتی ہے جس کے عرشہ پر غوطہ خور واپس آچکے ہیں اور اپنا اپنا مکٹ اتار کر آرام لے رہے ہیں۔ جہاز اپنا لنگر اٹھا کر پانی پر رواں ہوگیا اور زیادہ گہرے

۱۷

سمندر میں جانے لگا۔ یکایک کسی طرف سے مچھلیوں کا ایک غول نمودار ہوا۔ یہ چھوٹی بڑی شارک مچھلیاں تھیں۔ ان میں کوئی ۱۲ اور کوئی ۱۵ فیٹ لانبی تھی۔ ہر ایک اپنی ناک اور چپٹا سر پانی کے اوپر اٹھائے تیزی سے جہاز کے پیچھے آنے لگیں۔ ان کے منھ میں باریک دانتوں کی قطاریں نظر آرہی تھیں۔ اس غول کو دیکھتے ہی چیترا آہستہ سے بولی:۔

"نازو دیکھو وہ شارک کا چھوٹا بچہ کیسے آہستہ آہستہ تیر رہا ہے۔"

نازو نے جواب دیا "ہاں۔ اور دیکھو ماں اس کے نزدیک ہی لگی رہتی ہے۔ اکیلا نہیں چھوڑتی۔ بیچارہ تھک جائے گا!"

استاد کی آواز آئی کہ "بچو! تم نے پہچان لیا ہوگا کہ یہ سمندر کی سب سے خوفناک مچھلی شارک ہے۔ جو دنیا میں سو سے زیادہ قسم کی پائی جاتی ہیں۔

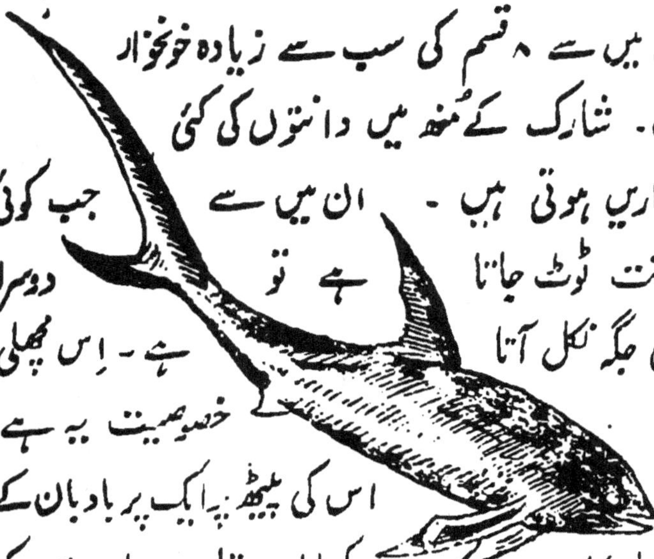

ان میں سے ۸ قسم کی سب سے زیادہ خونخوار ہیں۔ شارک کے منہ میں دانتوں کی کئی قطاریں ہوتی ہیں۔ ان میں سے جب کوئی دانت ٹوٹ جاتا ہے تو دوسرا اسی جگہ نکل آتا ہے۔ اِس مچھلی کی خصوصیت یہ ہے کہ اس کی پیٹھ پر ایک پر بادبان کے جیسا نکلا ہوا کھڑا رہتا ہے اور اس کی گول اور چھوٹی آنکھوں پر پلک نہیں ہوتی۔

شارک مچھلیوں نے آکر جہاز کو گھیر لیا اور اُن کی دُموں کے تھپیڑوں سے عرشہ پر پانی کی بارش سی آنے لگی۔ جہازی گھبرا اُٹھے اور اس زبردست غول کو بھگانے کے لیے انھوں نے فائر شروع کر دیے۔ بندوق کی آواز سُنتے ہی سارا غول تیزی سے پانی کے اندر غائب ہو گیا۔ اُن کے چھوٹے بچے کئی

اپنی جان بچا کر بے تحاشا تیرتے ہوئے وہاں سے نکل گئے اور جہاز پھر تیزی سے نیلے سمندر کو کاٹتا ہوا آگے بڑھ گیا۔

استاد پھر کہہ رہے تھے کہ اب جہاز جبل الطارق کے قریب ہے۔ یہاں کے پانی میں (Porpoise) مچھلی ان گنت ہوتی ہے۔ اس کی خاصیت یہ ہے کہ انسان کی طرح ہوا سے سانس لیتی ہے۔ اس کا گلا اور پھیپھڑے ہمارے جیسے ہیں۔ تم دیکھوگے کہ ہر دو منٹ کے بعد وہ سانس لینے کے لیے پانی سے چھلانگ لگا کر پھر پانی میں گر جاتی ہے۔ معلوم ہوتا ہے کہ جیسے سمندر سے نکل کر بھاگ جانا چاہتی ہے۔"

اس کے بعد نازو اور چترا نے دیکھا کہ پانی میں کئی سو "پورپائز" مچھلیاں تیر رہی ہیں اور تھوڑی تھوڑی دیر سے ہر ایک پانی سے باہر چھلانگ لگا کر

پھر پانی میں ڈوب جاتی ہے۔ ان کی اچھل کود۔ دیکھ کر ایسا معلوم ہو رہا تھا جیسے سب ساتھ مل کر ناچ رہی ہیں اور پانی سے نکل بھاگنا چاہتی ہیں، مگر مجبور ہیں۔

یہاں تک دکھلا کر فلم ختم ہو گئی اور بچوں نے زور سے تالیاں۔ بجائیں۔

چترا بولی :-

"بڑے مزے کی فلم تھی"

(۲)

سمندر کا عجائب گھر

شام کو جب بی نازو گھر پہنچیں تو دیکھا کہ ابا دفتر سے آگئے ہیں اور چائے پی رہے ہیں۔ اماں بھی ساتھ ہی بیٹھی ہیں۔ انھوں نے بی نازو کو دیکھا تو مسکرا کر پوچھا۔

"آج اس قدر خوش کیوں نظر آ رہی ہو؟"

نازو نے خوشی سے بھری ہوئی آواز میں کہا: "آج اسکول میں ہمیں ایک عجیب فلم دکھائی گئی۔"

ابّا: "وہ کیا تھی؟"

نازو: "سمندر کے نیچے کی مخلوق!"

ابّا: آہا، بڑی دلچسپ ہو گی!"

۲۲

نازو: "یہ بات ہماری سمجھ میں نہیں آئی کہ سمندر کے نیچے تصویریں کیسے لی جاتی ہیں؟"

ابا: "تم ہاتھ منہ دھوکر چائے پینے آؤ تب باتیں ہوں گی۔"

نازو: نہیں ابا، پہلے ہمیں بتا دیجیے۔"

ابا نے نازو کے دونوں ہاتھ کھول کر ہتھیلیوں کو دیکھا تو ان پر سیاہی اور چاک کے کالے سفید دھبے لگے تھے بولے:۔

"کیا انہی ہاتھوں کے ساتھ چائے کی میز پر بیٹھو گی؟"

نازو شرما گئی اور یہ کہہ کر کمرہ کی طرف دوڑی۔ "اچھا، ہم ابھی ہاتھ دھوکر آتے ہیں۔"

جب نازو ہاتھ منہ دھوکر میز پر آکر بیٹھی تو ابا نے کہا: "ہاں، تو تم کیا پوچھ رہی تھیں؟"

نازو: ابا، سمندر کے اندر یہ غوطہ خور اتنی دیر تک آرام سے کیسے گھومتے پھرتے ہیں اور رنگین تصویریں لیتے ہیں۔

ابا: پانی کے اندر غوطہ لگا کر سیپ بٹور لانا تو آدمی کا قدیم پیشہ ہے۔ سینکڑوں برس پہلے بھی یونان کے لوگ سمندر میں غوطہ لگا کر اسپنج اور سیپیاں نکال کر لاتے تھے یا بحرین کے عرب پانی کی تہ سے موتی والے سیپ لے آتے تھے۔ اس طرف جاپان، سیام اور دوسرے ایشیائی ملکوں کے لوگ سمندر میں غوطہ لگا کے اپنے کھانے کے لیے گھاس اور دوا بنانے کے لیے پودے اکھاڑ لاتے تھے۔ کہتے ہیں اس زمانے میں یہ فن باپ اپنے بیٹے کو بچپن ہی سے سکھلاتا تھا مگر اس وقت یہ غوطہ خور زیادہ سے زیادہ دو سے چار یا پانچ منٹ تک ہی پانی کے اندر سانس روک کر ٹک سکتے تھے۔ آج سائنس کی ایک نئی ایجاد نے اس فن کو بہت آسان بنا دیا۔"

نازو: وہ کیسے؟

ابا: آبی پھیپھڑا ایجاد کرنے سے!

نازو: وہ کیا چیز ہے؟

ابا: پندرہ بیس برس پہلے فرانس کے دو غوطہ خوروں نے ایسی ہلکی اور سبز نلکی ایجاد کی جس میں آکسی جن بھر کر غوطہ خور اپنی پیٹھ پر لٹکا لیتے ہیں اور پانی کے اندر جا کر اسی میں سے ایک ربڑ کی نلکی کے ذریعے آکسی جن کھینچ کر سانس لیتے رہتے ہیں۔

نازو: ہم نے آج دیکھا کہ اس نلکی کو پہن کر یہ غوطہ خور کیا مزے سے پانی کے اندر گھومتا پھرتا ہے۔

ابا: ہاں بیچارے اگلے زمانے والے تو سانس روک کر پانی میں غوطہ لگاتے تھے اور یہ لوگ نلکی لگا کر گھنٹوں پانی کی سیر کرتے ہیں۔ انسان تو خشکی کا جانور ہے جو سانس لیے بغیر ایک پل نہیں جی سکتا۔ مگر اس نلکی نے بات ہی بدل دی۔ البتہ اس سے ایک نقصان ضرور ہوا اس طرح مصنوعی طور پر پانی کے اندر سانس لینے سے اس کے پھیپھڑے کمزور ہو جاتے ہیں۔

نازو: ایسا کیوں ہوتا ہے؟

ابّا: اس لیے کہ نلکی سے بار بار آکسی جن کھینچنا ایک غیر قدرتی طریقہ ہے۔ مگر کمال تو یہ ہے کہ یہ سب جانتے ہوئے بھی یہ علم کے شیدائی اپنی دھن میں سمندر کے اندر گھومتے پھرتے ہیں اور سمندری دنیا کا کھوج لگاتے ہیں۔ تم نے دیکھا ہوگا کہ لوگ پانی میں کتنی تیزی سے گھومتے ہیں۔

نازو: ہاں ابّا!

ابّا: غوطہ خور اپنے پاؤں میں ایک ربر کی جھلّی پہن لیتا ہے جو بطخ یا مینڈک کے پنجے کے جیسی ہوتی ہے اسی کی مدد سے وہ پانی کے اندر مچھلی کی سی تیزی سے گھومتا رہتا ہے۔

سمندر کے نیچے غاروں کے اندر گھس جاتا ہے اور مچھلیوں کو ان کے گھر کے اندر دیکھ آتا ہے۔ سمندر کے عجائبات اب تک دنیا والوں کو معلوم نہ تھے یہ سرپھرے

اس کا بھی پتہ لگا آئے!

نازو: تو کیا ابا، وہ سمندر کی گہرائی اور اندھیرے سے ڈرتے نہیں؟

ابا: تم ڈرنے کو کہتی ہو؟ وہ تو ایک دوسرے سے شرط لگاتے ہیں کہ کون سب سے زیادہ گہرائی میں اُترتا ہے!

نازو: ابا، وہ کتنے سو فیٹ نیچے اتر سکتے ہیں؟

ابا: فرانس کے بہترین غوطہ خور دو سو فیٹ سے زیادہ نیچے نہ پہنچ سکے۔ اس سے زیادہ اندر جانے کی کوشش کرتے ہیں تو ان کا سر چکرانے لگتا ہے۔ اس پر بھی ایک بہادر تین سو فیٹ نیچے چلا گیا تھا۔

نازو: پھر؟

ابا: پھر وہ زندہ واپس نہیں آسکا

یہ سُن کر کچھ دیر کے لیے نازو چپ ہوگئی، پھر پوچھا۔

"سمندر کی گہرائی کو کیسے ناپتے ہیں؟"

ابّا: انگریزی اور فرانسیسی سائنس دانوں نے ایک آلہ ایجاد کیا ہے۔ اُسے جہاز پر بیٹھ کر گہرے سمندر میں اتارتے ہیں۔ جب وہ تہ چھو لیتا ہے تو اس کی حرکت کرنے والی سوئی خود بخود رُک جاتی ہے۔ پھر اُسے نکال کر دیکھ لیتے ہیں۔ کہ کتنے فیٹ نیچے اُسے زمین ملی تھی۔

نازو: اور ابّا دوسرا طریقہ وہی ہے کہ غوطہ خور پانی میں جاکر ناپے۔

ابّا: ہاں، غوطہ خور کی کمر میں موٹا تار باندھ کر اُسے پانی میں اُتارتے ہیں۔ اور جب وہ باہر آتا ہے تو ناپ لیتے ہیں کہ کتنی گہرائی تک پہنچا تھا۔

نازو: سب سے گہرا سمندر بحیرۂ عرب ہے۔ ہے نا ابّا؟

ابّا: یہ کہنا بہت مشکل ہے کہ سب سے گہرا سمندر کونسا ہے! اب تک کی دریافت تو یہی بتاتی ہے کہ بحرالکاہل سب سے گہرا سمندر ہے۔ میں نے پرسوں ہی کسی اخبار

میں پڑھا تھا کہ سمندری تفتیش کرنے والی روسی ٹیم نے بحرالکاہل کی گہرائی کو ناپا تو معلوم ہوا کہ وہ پونے سات میل گہرا ہے!۔

نازو: اُوہ! پونے سات میل! اور ایسے گہرے سمندر میں بھی یہ غوطہ خور جا کر تصویریں لیتے ہیں!

ابّا: پانی کے اندر اپنے ساتھ لے جانے کے لیے اُنھوں نے خاص کیمرے بنائے ہیں۔ اس کو ایسی حفاظت سے تیار کرتے ہیں کہ پانی کی ایک بوند بھی اس کے اندر نہیں جانے پاتی۔ دوسرے اس کو ایسی مضبوط چیز سے بناتے ہیں کہ پانی کا دباؤ اسے نقصان نہیں پہنچا سکتا۔

نازو: پانی کے دباؤ سے آپ کا کیا مطلب ہے؟

ابّا: تم کو تو معلوم ہوگا کہ ہوا کی طرح سمندر کے پانی میں بھی ایک زوردار دباؤ ہوتا ہے۔ اسی لیے پانی میں جب لکڑی ڈالتے ہیں تو وہ اوپر ہی تیرتی رہتی ہے

کیونکہ اس کا وزن پانی سے ہلکا ہوتا ہے۔ اور پانی کا دباؤ اس کو ڈوبنے نہیں دیتا۔

نازو: مگر پانی تو خود بہت ہلکی چیز ہے پھر اس میں یہ دباؤ کیوں ہوتا ہے؟

ابا: اگر سمندر میں یہ دباؤ نہ ہو یا یکایک ایک دن یہ دباؤ ختم ہو جائے تو سمندر کا سارا پانی زمین پر چڑھ کر آجائے اور ساری کی ساری زمین ڈوب جائے۔

نازو: افوہ! تو کیا سمندر میں اتنا پانی ہے؟

ابا: اور کیا، ہماری دنیا میں ایک حصہ زمین اور تین حصہ سمندر ہے۔ یہ غوطہ خور بھی اپنی کمر پیٹی میں سیسے کے ٹکڑے سی دیتے ہیں۔ جو پانی کے دباؤ کو کاٹ کر انھیں گہرائی میں پہنچاتا ہے۔

نازو: تو پھر ان کا کیمرہ بھی کچھ اسی طرح کا ہوتا ہوگا؟

ابا: یہ سمندری کیمرہ بھی پانی کے دباؤ کا مقابلہ کرنے

کے قابل بنایا جاتا ہے اور یہی نہیں بلکہ اس میں روشنی دینے کا بلب اور بیٹری بھی لگی ہوتی ہے۔ پانی کے اندر جب غوطہ خور چاہتا ہے تو کیمرے کے بٹن کو دبا دیتا ہے بیٹری کے زور سے فلش لائٹ بلب روشن ہو جاتا ہے۔ اور ساتھ ہی کیمرہ تصویریں اُتارنے کا کام شروع کر دیتا ہے۔ پھر جب وہ چاہتا ہے بٹن دبا کر اُسے بند کر دیتا ہے۔

نازو: اور ابا غوطہ خور کی کمر میں ایک ٹارچ بھی لٹکی ہوئی ہوتی ہے!

ابا: ہاں! تم نے پڑھا ہوگا کہ سمندر کے نیچے بہت اندھیرا ہوتا ہے اس لیے غوطہ خور بار بار ٹارچ جلا کر آس پاس کی چیزیں دیکھتا جاتا ہے۔

نازو: اور یہ ٹارچ بھی خاص قسم کی ہوتی ہوگی؟

ابا: بے شک، یہ بھی ایسی بنی ہوتی ہے کہ اس کے اندر پانی نہ جا سکے۔

۳۱

نازو : یہ غوطہ خور سائنس داں سمندر میں کیا کیا دیکھتے ہوں گے

ابا : وہ صرف دیکھتے ہی نہیں پھرتے بلکہ بہت سے دوسرے کام بھی کرتے ہیں۔ گذشتہ جنگ کے زمانے میں ایک ایسا سرکاری محکمہ بنایا گیا تھا جس میں سیکھے ہوئے ہشیار غوطہ خور کام کرتے تھے۔ ان کا کام یہ تھا کہ جب کسی جگہ کوئی جہاز بم لگنے سے ڈوب جاتا تو وہ اُس جگہ پہنچ کر پہلے اس کی تلاش کرتے اور پھر اس میں جو قیمتی جنگی سامان ہوتا اُسے نکال لاتے۔

نازو: اور اس جہاز میں جو سپاہی ہوتے وہ انھیں بھی اٹھا لاتے ہوں گے"۔

ابا: نہیں، وہ بیچارے تو کب کے مر چکے ہوتے یا تیر کے نکل چکے ہوتے۔

انہی دنوں انگریزوں کا ایک جنگی جہاز بحیرۂ روم میں ڈوب گیا۔ جس میں بہت سی اشرفیوں کی تھیلیاں تھیں۔ غوطہ خور کئی مہینوں کی تلاش کے بعد ان تھیلیوں کو جوں کا توں نکال لائے!

نازو: ابا، سمندر کے اندر جنگ کا بہت سا سامان پڑا ہوگا!

ابا: جنگ ختم ہوجانے کے بعد سارے بحیرۂ روم میں خاص کر فرانس اور انگلستان کے کناروں پر بم پھیلے ہوئے تھے۔ انہی غوطہ خوروں نے غوطے لگا لگا کر ایک ایک بم کو پانی کے نیچے بے کار کردیا۔ اس کام میں کئی مہینے لگ گئے۔ ایک دفعہ اسی بم تلاشی میں

ایک غوطہ خور کو بہت پُرانا یونانی جہاز بحیرۂ روم کی تہ میں مل گیا۔ جس میں قدیم یونانی سنگِ مرمر کے گلدان، صراحیاں، خوب صورت صندوق اور برتن اب تک باقی تھے۔ ان جانبازوں نے بڑی محنت اور دِقّت سے ایک ایک چیز اس میں سے نکال کر اوپر پہنچائی۔

نازو: پھر وہ سب سامان کدھر گیا؟

ابّا: وہ سب فرانس کے عجائب گھر میں سجا کر رکھ دیا گیا۔

نازو: سمندر کے نیچے نہ معلوم اور کیا کیا ہوگا؟

ابّا: سمندر کی دنیا تو ایک عجائب گھر ہے۔ جیسی ہماری دنیا ہے ویسی ہی ایک دنیا سمندر میں بھی آباد ہے۔

نازو کی امّاں جو ایک کرسی پر بیٹھی کچھ بُن رہی تھیں، اب بولیں:-

"ہماری نانی امّاں کہا کرتی تھیں کہ جتنے قسم کے جانور اور پرندے زمین کے اوپر ہوتے ہیں اتنے ہی قسم کے سمندر کے اندر بھی ہوتے ہیں۔"

۳۴

ابّا بولے " وہاں نہ صرف ویسے جاندار ہوتے ہیں بلکہ ویسے ہی پہاڑ بھی ہوتے ہیں جیسے کہ زمین پر ہیں۔ اور ان اونچے اونچے پہاڑوں میں غار اور وادیاں بھی ہیں۔ بلکہ بعض پہاڑ تو جوالا مکھی ہیں"

نازو تعجّب سے آنکھیں کھول کر بولی " پانی کے اندر اور آگ ؟"

ابّا: ہاں۔ اور جب کبھی یہ پہاڑ آگ اور پگھلا ہوا لاوا اگلتے ہیں تو سمندر کے پانی میں بھی بھونچال آجاتا ہے!

نازو: یعنی سمندر زوروں سے ہلنے لگتا ہے؟

ابّا: نہیں ہلنے نہیں لگتا بلکہ اس میں پہاڑ کے برابر اونچی لہریں اُٹھنا شروع ہو جاتی ہیں۔ اور کسی نہ کسی ساحل پر کوسوں تک چڑھ آتی ہیں تو زمین کا وہ حصّہ برباد ہو جاتا ہے۔

نازو: پھر؟

ابّا: یہ تو ہوئے پہاڑ! اس کے سوا سمندر کے نیچے گرم

پانی کے دھارے بھی چلتے ہیں۔

نازو: (بے اختیار ہنس کر) ابا۔ پانی کے اندر گرم پانی کے دھارے؟

ابا: ہاں بیٹی۔ یہ گرم پانی کا دھارا امریکہ کے مشرقی سمت سے نکل کر بحر اٹلانٹک میں نو ہزار میل تک بہتا ہوا جاکر قطبی سمندروں کی تہ میں غائب ہو جاتا ہے اور اپنے ساتھ گھاس پھونس، پودے اور مچھلیاں بھی ایک سمندر سے دوسرے سمندر تک بہا لاتا ہے۔

نازو: بھئی کمال ہے۔

ابا: اس کے علاوہ سمندر میں ایسے رنگ برنگی پھول بھی پیدا ہوتے ہیں جیسے کہ ہمارے تمھارے باغوں میں ہیں۔ اور کئی قسم کی دھاتیں، قیمتی موتی اور پتھر بھی ہیں۔

نازو: پتھر! کون سے قیمتی پتھر؟

ابا: کیوں تم بھول گئیں کہ سمندر ہی سے تو موتی اور مرجان بھی نکلتے ہیں۔ اور لنکا کے کنارے پر رنگ برنگے قیمتی پتھر نکلتے ہیں۔

نازو: اور پودے کون سے ہوتے ہیں ؟

ابّا: ایسے پودے جن سے دوائیں بنتی ہیں۔ سمندر دھاتوں کا تو خزانہ ہے اس میں گندھک، چونا، آئی ڈین بڑی مقدار میں پایا جاتا ہے اور—

نازو بات کاٹ کر بولی: "ابّا، یہ سمندری پھول ہمیں بھی دکھلائیے!"

ابّا: کیا سچ مچ تم انہیں دیکھنا چاہتی ہو؟

نازو: (ٹھنک کر) ہاں ابّا۔

ابّا: اس سال کالج کے چند لڑکے سمندر کے پھول پودے دیکھنے آسٹریلیا جانے والے ہیں۔ تمھیں بھی ہم اُن کے ساتھ لے چلیں گے!

نازو: (خوش ہوکر) وہ لوگ کہاں کہاں جائیں گے؟

ابّا: اُن جزیروں کو جہاں یہ پھول کھلتے ہیں۔ تمھیں اس قدر شوق ہے تو چلو ہم تمھیں بھی ساتھ لے چلیں۔

نازو نے باپ کو کچھ ایسی شک بھری نظروں سے دیکھا

کہ جیسے اُسے یقین نہیں آرہا ہو۔ آبا اُس کی شکل دیکھ کر سمجھ گئے اور ہنس کر بولے :

"تمھیں یقین نہیں آتا؟ مگر میں سچ کہہ رہا ہوں کہ اگر ممکن ہو سکا تو تمھیں ضرور ساتھ لے چلوں گا۔"

نازو نے خوش ہوکر تالیاں بجائیں اور آبا کے گلے میں باہیں ڈال دیں۔ پھر کچھ سوچ کر کہا: "اور میرے اسکول کا کیا ہوگا؟"

آبا: یہ سفر اُسی وقت ہوگا جب تمھاری چھٹیاں ہوں گی۔

(۳)

جہاز کا سفر

بمبئی کا وہ بندر گاہ جو "بلارڈ پیئر" کہلاتا ہے، سب سے زیادہ عالیشان اور خوبصورت ہے۔ اِس وقت یہ مسافروں کی چہل پہل سے گونج رہا ہے۔ یہاں سے جہاز بڑے دُور دُور کے ملکوں کو جاتے ہیں۔ بندر گاہ کے احاطہ میں داخل ہوتے ہی سامنے ایک لمبا چوڑا پختہ ہال ملتا ہے جس کے بڑے بڑے دروازے اس وقت کھلے ہوئے ہیں اور مسافر موٹروں سے اُتر کر اُسی میں جمع ہو رہے ہیں۔ کسی کے ہاتھ میں اٹیچی کیس اور کوٹ ہے۔ کسی کے گلے میں پھولوں کا ہار ہے۔ ہر ایک کے ساتھ دوستوں کی بھیڑ ہے جو ان کو رخصت کرنے آئے ہیں۔ سوغات بھی ساتھ

لائے ہیں۔ ہر گھڑی یہ بھیڑ زیادہ ہو رہی ہے اور کھوے سے کھوا چھِل رہا ہے۔ مسافروں میں کوئی تو طالب علم ہے اور کوئی فوجی افسر۔ کوئی بیوپاری ہے تو کوئی سیر سپاٹے کرنے والا شوقین جن کا یہ پہلا سفر ہے وہ گھبرائے ہوئے اِدھر اُدھر پھر رہے ہیں کیونکہ ان کی سمجھ میں نہیں آتا ہے کہ بحری سفر کے کون کون سے قاعدے پورے کرنا ہیں۔ پھولوں کی ٹوکریاں، گلدستے اور مٹھائی کے رنگین ڈبّے لوگ لا لا کر مسافروں کو دے رہے ہیں ہال کے فرش پر پھولوں کی پتیاں بکھری پڑی ہیں۔ اسی مجمع میں ایک طرف بی نازو بھی گھبرائی ہوئی کھڑی ہیں آپا دوستوں سے رخصت ہو رہے ہیں۔ اُن کے ہاتھ میں ایک چھوٹی سی نیلی کتاب ہے جس کو پاسپورٹ یا اجازت نامہ کہتے ہیں۔ یعنی وطن سے باہر جانے کا پرمٹ۔ اس کے بغیر کوئی مسافر اپنے ملک سے نہ تو باہر جا سکتا ہے نہ کسی ملک میں داخل ہو سکتا ہے۔

۴۰

یکایک ایک گھنٹی بجتی ہے اور لاؤڈ اسپیکر پر کسی کی آواز گونجتی ہے اور ابا مسکرا کر نازو سے کہتے ہیں۔

" تیار ہو جاؤ، اب ہم جہاز پر سوار ہونے والے ہیں"۔

اماں نے بی نازو کو پیار کر کے کہا: "اچھی اور خوش رہنا"۔

ابا اس کا ہاتھ پکڑ کر اس قطار میں کھڑے ہو گئے جس میں وہ دوسرے طالب علم کھڑے تھے جن کے ساتھ یہ سفر پر جا رہی تھی۔ مسافروں کی قطار سے ایک ایک آگے بڑھتا اور افسر کو اپنا پاسپورٹ دکھلا کر دوسرے کمرے میں داخل ہو جاتا جہاں ڈاکٹر اس کا طبی معائنہ کرتا۔ اس کے بعد ہال کے دوسرے دروازے سے نکل کر وہ بالکل لبِ ساحل پہنچ جاتا۔

نازو بھی ابا کے ساتھ جب وہاں تک پہنچ گئی تو کیا دیکھتی ہے کہ ساحل سے لگا ہوا ایسا جہاز کھڑا ہوا ہے جو سمندری محل معلوم ہو رہا ہے۔ صاف ستھرا، سفید رنگا ہوا، چمکدار شیشے کے دروازے اور کھڑکیاں۔

۴۱

اب آبا اور نازو ایک عارضی سیڑھی کے ذریعہ جہاز پر چڑھ گئے۔ جب عرشہ پر پہنچ گئے تو نازو گھبرا کر اِدھر اُدھر اپنے اسباب کو ڈھونڈھنے لگی۔ مگر آبا بولے" دیکھو نازو وہ سامنے ساحل پر جو مشین چل رہی ہے اس میں ایک لوہے کا "ہاتھ" ہے۔ اس کو کرین (Crane) کہتے ہیں۔ یہی مسافروں کا اسباب ساحل سے اُٹھا کر ساحل کے نچلے حصے پر رکھ دے گا۔"

اور واقعی وہ "آہنی ہاتھ" آہستہ آہستہ زمین کی طرف جھکتا اور اپنے پنجے میں وزنی بکسے۔ ڈبے اور مسافروں کا سامان اُٹھا کر ہوا میں گھومتا ہوا عرشہ پر لا کے رکھ دیتا۔ جب سب مال و اسباب لد چکا تو جہاز نے چلنے کی تیاری کی۔ گھنٹی بجنے لگی۔ جہاز نے اپنا بھونپو بجایا. عارضی زینہ الگ کر دیا گیا، اور جہاز کا لنگر پانی سے اوپر اُٹھ گیا، اب جہاز میں آہستہ آہستہ حرکت ہونے لگی اور وہی محل جو اب تک چُپ چاپ ساحل سے

لگا کھڑا تھا۔ ہلنے اور سرکنے لگا۔ نازو نے دیکھا کہ ساحل دور ہوتا جا رہا ہے اور بندرگاہ سے پچاسوں ہاتھ، اور رومال ہل رہے ہیں۔

ابا نے کہا، نازو، وطن کی پیاری زمین ہم سے دُور ہو رہی ہے۔

نازو بی کو اس وقت بے اختیار اماں، بھائی اور اپنا گھر یاد آگیا۔ آنکھیں پھاڑ پھاڑ کر ساحل کو دیکھنے لگیں. وہاں کسی کی صورت تو پہچانی جاتی ہے۔ اور کوئی دُھندلا دُھندلا نظر آرہا ہے۔ سامنے کی ہر چیز سینما کی تصویر کی طرح سرکتی جا رہی ہے۔ بندرگاہ آنکھوں سے اوجھل ہوگیا. بمبئی کے سر بہ فلک مکانات سامنے سے گزر گئے اور شہر بمبئی کے سرے کا مشہور لائٹ ہاؤس بھی نظروں کے سامنے آکر گم ہوگیا۔ اب ہر طرف سمندر ہی سمندر تھا. جہاں تک نظر جا سکتی تھی پانی ہی پانی اور اس کی بے چین لہریں نظر آئیں۔ نازو بی عرشہ کا جنگلا پکڑے ہوئے سمندر کو

دیکھ رہی تھیں۔ جہاز تیزی سے پانی کو کاٹتا ہوا مغربی سمت جا رہا تھا۔ اور ہلکے ہلکے ہچکولے لے رہا تھا۔

ابّا کی آواز نے نازو کو چونکا دیا: "چلو پہلے کھانا کھالیں۔ گھنٹی ہو چکی ہے۔ پھر گھوم پھر کر جہاز دیکھیں گے۔"

کھانے کے سجے سجائے بڑے کمرے میں قرینے سے میز کرسیاں لگی تھیں۔ قالین بچھے تھے، دیواروں پر خوب صورت لیمپ روشن تھے۔ نازو اور ابّا ایک میز کے پاس بیٹھ گئے اور سفید وردی پہنے ہوئے ملازموں نے ان کے سامنے کھانا چُن دیا۔

کھانے سے فارغ ہو کر دونوں چھت پر جانے کے لیے سیڑھی کے پاس آئے تو دیکھا کہ وہاں ایک لِفٹ بھی لگا ہوا ہے جو مسافروں کو اوپر نیچے لے جا رہا ہے۔ یہ دونوں بھی اُسی لِفٹ کے ذریعے چھت پر پہنچ گئے۔

جہاز کا یہ آخری عرشہ اوپر سے بالکل کھُلا تھا۔ اوپر آسمان ہے اور جہاز کے نیچے میلوں تک سمندر ہے۔ ہوا

اتنی فرّاٹے سے چل رہی ہے کہ لوگوں کی ٹوپیاں تک اُڑی جا رہی ہیں۔ چھت کے بیچ میں جہاز کی موٹی گول چمنی سر اٹھائے کھڑی ہے اور اس میں سے کالا دھواں نکل کر بل کھاتا ہوا ہوا میں لہرا رہا ہے۔

ابا نے تبلایا کہ مسافر اسی عرشہ پر آکر مختلف کھیل کھیل سکتے ہیں۔

پھر ابا بولے "سامنے اُس چھوٹی سی چھت کو دیکھ رہی ہو۔ جہاز کا کپتان اُسی چھت پر رہتا ہے اور یہی جہاز میں سب سے اونچی جگہ ہے۔ اس پر کھڑے ہو کر وہ جہاز کی رہنمائی کرتا ہے۔"

نازو یہ سُن کر اچھل پڑی اور بولی "ابا ہمیں کپتان کے عرشہ پر لے چلئے نا؟"

ابا بولے "بغیر اجازت وہاں کوئی نہیں جا سکتا۔"

اتنے میں سامنے سے کپتان صاحب آتے دکھائی دیے جن کی سفید وردی پر چمکتے ہوئے تمغے لٹک رہے تھے۔

وہ اپنے ساتھ سہ بچوں کو لے کر جا رہے تھے جن کی عمر بھی نازو کے برابر ہوگی۔ یعنی دس یا بارہ سال۔ ابا نے بڑھ کر ان کو سلام کیا اور درخواست کی کہ وہ نازو کو بھی ساتھ لے لیں۔ کپتان صاحب نے خوشی ظاہر کی اور نازو کو بھی ساتھ لے کر کپتان والے عرشہ پر چڑھ گئے۔ وہاں جاکر نازو نے دیکھا کہ دیوار پر ہر طرف قسم قسم کے سمندری نقشے (Map.s) ٹنگے ہوئے ہیں۔ اور ہر طرف چھوٹے بڑے کل پُرزے اور بٹن جڑے ہوئے ہیں۔ سامنے ایک گھمانے والا بڑا پہیا لگا ہوا ہے جیسا موٹر میں ہوتا ہے۔ ایک خلاصی اسی کے پاس کھڑا ہے اور اُسے گھماتا رہتا ہے۔ کپتان صاحب نے بچوں کو وہاں کا سامان دکھلا کر سمجھانا شروع کیا:

"اس پہیے کے گھمانے سے جہاز سیدھے راستے پر رہتا ہے۔ ہم موٹر کے پہیے کی طرح اسی پہیے سے جہاز کو جدھر چاہتے ہیں گھُما لیتے ہیں۔ اچھا دیکھو اس میز پر یہ

جو گول گھڑی جڑی ہے جس میں ایک ہی سوئی ہے۔ بتلاؤ یہ کیا ہے؟ بچے دوڑ کر میز کے قریب آکر اس کو دیکھنے لگے۔ ایک بچہ بول اُٹھا یہ "کمپاس ہے"۔ (قطب نما)

کپتان صاحب بولے "شاباش۔ تم سمجھ گئے ہو گے کہ اس کی مدد سے ہم کو ہر وقت قطب شمالی کا رُخ معلوم ہوتا رہتا ہے۔ اس میں یہ خوبی ہے کہ اس کو اس طرح میز پر جڑ دیا ہے کہ جہاز کے ہچکولوں سے اس کی حرکت میں کوئی فرق نہیں آتا۔ اور اس دوسری میز پر جو شیشے میں گھڑی لگی ہوئی ہے اس کو (Radar) کہتے ہیں۔"

سب بچے اس دوسری میز کو دیکھنے لگے جس پر ایک گول کالی طشتری جڑی ہوئی تھی اور اس پر شیشہ لگا ہوا تھا۔

کپتان صاحب بولے" جہاز کے آس پاس پانچ میل کے دائرے کے اندر اگر سمندر میں کوئی بھی چیز تیر رہی ہو

تو اس کا پتہ یہ "راڈر" ہم کو بتا دیتا ہے۔

پھر کپتان صاحب نے اُس پر انگلی رکھ کر کہا "ہمارا جہاز ہمیشہ اس پلیٹ کے بیچوں بیچ میں رہتا ہے چاروں طرف جو خلا ہے وہ سمندر ہے۔ اب اس خلا کے ۵ میل کے دائرے کے اندر سمندر میں اگر کوئی چیز ہو گی جیسے کوئی کشتی یا دوسرا جہاز یا پہاڑ یا جزیرہ تو فوراً اس راڈر کی کالی پلیٹ پر ایک برقی نقطہ نمودار ہو کر چمکنے لگے گا اور ہم اپنا حساب لگا کر سمجھ جائیں گے کہ وہ چیز ہم سے کتنی دُور ہے۔"

ایک بچہ بول اُٹھا: "اور آپ یہ بھی سمجھ جائیں گے کہ وہ کیا چیز ہے؟"

کپتان نے جواب دیا: "نہیں یہ ہماری سمجھ میں نہیں آئے گا کہ وہ کیا چیز ہے! نقطہ صرف یہ بتا دے گا کہ سمندر میں اس رُخ پر کوئی چیز تیر رہی ہے بس۔ اس آلے کی مدد سے جہازوں کی آپس میں ٹکر نہیں ہونے پاتی۔

۴۸

ہم خود رات کے وقت کسی جزیرے یا پہاڑ سے نہیں ٹکراتے کیونکہ یہ آلہ رات دن کام کرتا رہتا ہے۔"

اتنا کہہ کر کپتان صاحب ایک کرسی پر بیٹھ گئے اور کہنے لگے :

" ہمارا جہاز کوئلے اور بھاپ سے چلتا ہے۔ جہاز کے ڈائےنامو سے ہم بجلی پیدا کرتے ہیں۔ جس سے ہماری سب ضروریات پوری ہوتی ہیں۔ یہاں تک کہ جہاز کا لنگر اور سکّان بھی اُسی سے کام کرتے ہیں۔"

کپتان صاحب سب کچھ دکھا چکے تھے۔ مگر بچے اب تک بڑی خوشی سے ہر چیز کو دیکھ رہے تھے۔ کوئی نقشوں کے رنگ دیکھ رہا تھا، کوئی پہیے کو گھمانے کی کوشش کر رہا تھا۔ ایک، کپتان کی ایک آنکھ والی لمبی دُوربین سے سمندر دیکھ رہا تھا۔ کچھ دیر کے بعد بچے کپتان کا شکریہ ادا کر کے نیچے اُتر آئے۔

نازو کے ابا نیچے عرشہ پر کھڑے انتظار کر رہے تھے۔

جب وہ بیٹی کو اِدھر اُدھر گھما پھرا کے نیچے کے عرشے پر آئے تو نازو کو وہاں چار پانچ جہازی سیلر مل گئے جو ہر چیز کی صفائی ستھرائی میں لگے تھے اور بڑی مستعدی و محنت سے ہر چیز کو پالش کر رہے تھے۔ نازو بڑی حیرت سے اُن کی محنت کو دیکھتی رہی۔ آخر ایک موٹے تازے جہازی کے پاس جاکر وہ کھڑی ہوگئی جو اپنے سفید کوٹ کی آستین چڑھائے ہوئے گھٹنوں کے بل بیٹھ کر فرش گھس رہا تھا۔ جہازی نے ایک بچّی کو اپنے نزدیک کھڑا ہوا دیکھ کر اپنا سر اُٹھایا اور مسکرا کر بولا "تم ہندوستانی ہو؟"

نازو نے سر ہلایا تو اُس نے پوچھا "کہاں جا رہی ہو؟"

نازو: "ہم بیس طالب علم آسٹریلیا کی مونگے کی چٹان دیکھنے جا رہے ہیں"

جہازی: وہاں کی رنگ برنگی مچھلیاں اور سمندری پھول تو بہت مشہور ہیں۔

نازو: تم نے یہ سب کچھ دیکھا ہوگا؟

جہازی : نہیں، میں اس طرف سے جہاز میں کئی بار گزرا ہوں مگر کبھی وہاں ٹھیر کر سیر کرنے کی نوبت نہیں آئی!

نازو: مگر تم نے بہت سے دوسرے سمندری عجائبات تو ضرور دیکھے ہوں گے۔

جہازی: بہت سے ملک دیکھے وہاں کے سمندر اور لوگ دیکھے اور وہاں کی مچھلیاں بھی دیکھی ہیں۔

نازو: اچھا تو ہمیں بھی ان کا کچھ حال سُناؤ؟

جہازی: اس وقت نہیں۔ یہ تو کام کا وقت ہے میں کسی سے بات نہیں کر سکتا۔ اگر تمھیں سننے کا شوق ہو تو کل آنا۔

نازو: کل؟ کل تمھیں فرصت ہوگی؟

جہازی: ہاں۔ کل میری چھٹی کا دن ہے۔ کل تم آجانا تو میں تم کو سمندر کے عجائبات کا حال سُناؤں گا۔

نازو: کل کس وقت؟

جہازی: صبح ۹ بجے اسی جگہ آکر ملو۔

یہ کہہ کر وہ پھر جھک کر اپنے کام میں لگ گیا اور نازو خوشی سے عرشہ کے جنگلے پر ہاتھ پھسلاتی ہوئی اپنے کیبن میں پہنچ گئی۔ کیبن ایک چھوٹا سا کمرہ تھا جس میں دو لکڑی کے بنچ دیوار سے لگے ہوئے تھے۔ یہی ان کے سونے کے پلنگ تھے۔ ایک طرف ایک گول کھڑکی تھی جس میں سے سمندر صاف نظر آرہا تھا۔

(۴)

جہازی نے کیا کہا

رات کو بی نازو آرام سے اپنے بنچ پر سو رہی تھیں کہ یکایک جاگ پڑیں۔ باہر ہوا فراٹے کی چل رہی تھی اور جہاز زوروں سے ہل رہا تھا۔ اب جو جہاز ایک طرف جُھکا تو نازو بنچ پر سے لڑھک کر فرش پر آگئی۔ بہت گھبرائی، پھر اٹھ کر بیٹھ گئی۔ سر کو سہلایا۔ اُٹھ کر کھڑا ہونا چاہا تو سر چکرانے لگا۔ بڑی مشکل سے بنچ تک پہنچ کر لیٹ گئی۔ اور پٹی کو پکڑ لیا کہ دوبارہ لڑھکنی نہ کھا جائے۔ جہاز خوب زوروں سے دونوں طرف ہچکولے لے رہا تھا۔ مگر خوش قسمتی سے دو تین گھنٹے کے بعد یہ ہوا کا طوفان نکل گیا اور

جہاز پھر بدستور اپنی چال سے چلنے لگا۔

صبح اُٹھ کر نازو بی ناشتہ کے بعد اسی جگہ پہنچ گئیں جہاں جہازی سے ملنا تھا۔ وہ نازو کے انتظار میں جنگلے سے لگا ہوا کھڑا تھا۔ اور سگریٹ پی رہا تھا۔ نازو کو آتا ہوا دیکھ کر اس نے سگرٹ سمندر میں پھینک دی اور ٹوپی اتار کر سلام کیا۔ نازو نے سلام کا جواب دے کر پوچھا:

"آج تمھیں کام نہیں ہے؟"

جہازی: نہیں۔ آج آدھے دن کی چُھٹّی ہے۔ تین بجے سے پھر کام پر جانا ہے۔

نازو: تم بڑے خوش قسمت ہو کہ ہر وقت سمندر کا سفر کرتے پھرتے ہو!

جہازی نے لاپروائی سے جواب دیا:

"بیس سال سے یہی کر رہا ہوں۔"

نازو: اتنے برسوں میں تم نے نہ جانے کتنی عجیب چیزیں

دیکھی ہوں گی!

جہازی: بہت سی! اور بعض چیزیں تو کئی مرتبہ دیکھ چکا ہوں۔

نازو: اور ہر قسم کے جہازوں پر سفر کیا ہو گا۔

جہازی: میں نے اس بیس سال میں ہر قسم کے جہاز پر سفر کیا ہے! کبھی عربستان سے تیل اور پٹرول کے جہاز پر گیا ہوں، کبھی لندن سے مال اور آہنی مشینیں لے کر آسٹریلیا تک پہنچا ہوں۔ ایک دفعہ ہندوستان سے ایسے جہاز پر گیا ہوں جس پر ہاتھی، بندر اور گھوڑے سوار تھے!

نازو: اور تمھیں سب سے زیادہ لطف کس سفر میں آیا؟

جہازی: (سوچ کر) اچھا چلو میں تمھیں اپنے ایک ایسے سفر کا حال سناتا ہوں جس میں، شمال کے برفیلے دریا تک ہو آیا۔ اس میں چند سائنس داں وہاں کی مچھلیوں کا مطالعہ کرنے جا رہے تھے۔ ان کے ساتھ مجھے لطف

اس لیے آیا کہ میں نے قطب شمالی کے برف کے دریا کبھی نہیں دیکھے تھے اور مجھے اس کا بہت شوق تھا. ہمارا جہاز مشرقی امریکہ سے نکل کر بحرِ اٹلانٹک سے گزرا۔ اور اس سفر میں میں نے ایسی عجیب و غریب چیزیں دیکھی ہیں کہ تمھیں کیا بتاؤں ؟ کام سے بھی دل اچاٹ ہو جاتا تھا۔

نازو: (بڑے شوق سے) سچ ؟ ہمیں بھی بتاؤ کہ تم نے کیا دیکھا ؟

جہازی: آؤ، اس طرف بنچ پر بیٹھ جائیں۔ تم کھڑی کھڑی تھک جاؤ گی۔

جب دونوں اطمینان سے بنچ پر بیٹھ گئے تو جہازی نے کہنا شروع کیا:۔

"ہم جس میں سفر کر رہے تھے یہ چھوٹا سا تین ہزار ٹن کا جہاز تھا۔ اس کے سامنے ایسا آرا لگا ہوا تھا جو سمندر میں برف کو کاٹتے ہوئے جاتا ہے۔ برفیلے

سمندر کے جہاز ایسے ہی بنائے جاتے ہیں۔ کیونکہ برفیلے سمندروں میں ہر وقت برف کی سلیں تیرتی پھرتی ہیں اور جہاز کا آگے بڑھنا مشکل ہو جاتا ہے۔

"گرمیوں کا زمانہ تھا۔ ہم بحر اٹلانٹک سے گزر رہے تھے وہاں عجیب بہار تھی۔ سمندر میں بھی ہر موسم کے ساتھ ایک نیا سماں پیدا ہو جاتا ہے۔ جاڑوں میں پودے اُگنا بند ہو جاتے ہیں۔ بہت سردی پڑتی ہے تو پودے مُنھ ڈھانپ کر سو جاتے ہیں۔ مگر گرمی شروع ہوتے ہی پھر پودوں کے نکلنے کا زمانہ آجاتا ہے۔ اس وقت بھی پانی میں ہر طرف پودے ہی پودے تیر رہے تھے جو دیکھنے میں پودے معلوم ہوتے ہیں مگر اصل میں سمندری کیڑے ہوتے ہیں۔ ان میں بھی جان ہوتی ہے۔ یہ بھی ایک دوسرے کو کھا لیتے ہیں اور انڈے بھی دیتے ہیں۔ ان میں ایسے بھی تھے جن کی لانبی مونچھیں تھیں۔ یہ پانی میں اتنی بڑی تعداد

میں تیر رہے تھے کہ ان کے رنگ سے سمندر کہیں لال کہیں پیلا اور کہیں ہرا نظر آرہا تھا۔ یہ دیکھ کر مجھے خیال آیا کہ شاید اسی وجہ سے بحر احمر کا نام "ریڈ سی" (لال سمندر) پڑ گیا ہوگا۔

"اِن رنگ برنگے پودوں کو کھانے کے لیے اَن گِنت چھوٹی بڑی مچھلیاں سطح پر آجاتی ہیں اور اِن چھوٹی مچھلیوں کو کھانے کے لیے سمندر کی گہرائی سے رات کو بڑی خونخوار مچھلیاں اوپر آتی ہیں۔ اِسی زمانے میں بہت سی مچھلیوں کی پیٹھ پر فاسفورس پیدا ہو جاتا ہے۔ اس لیے وہ جگنو کی طرح چمک اٹھتی ہیں۔ اور ہم نے اندھیری راتوں میں پانی کی لہروں میں چمکتے جگنو دیکھے جو ایسے لگتے تھے جیسے لہروں میں تارے نہا رہے ہیں۔ یہ بڑی بڑی مچھلیاں جو رات کو سطح آب پر آتی ہیں، صبح دن نکلتے نکلتے پھر گہرائی میں اُتر جاتی ہیں۔ گرمیوں کے زمانے میں

مچھلیوں کے انڈے دینے کا بھی وقت ہوتا ہے۔ اس لیے لاکھوں قسم کے انڈے بھی پانی پر تیرتے رہتے ہیں۔

"غرضکہ بہار کے زمانے میں سمندر میں ایک ہل چل سی مچی رہتی ہے اور یہی نہیں بلکہ انڈے کھانے کے لیے بے شمار پرندے سمندر پر منڈلاتے رہتے ہیں اور ڈبکیاں لگاتے پھرتے ہیں۔ سمندر کے کنارے بسنے والے ماہی گیر اپنی کشتیوں میں نکل کر ان انڈوں کے سمیٹنے میں لگے رہتے ہیں۔"

نازو: پھر تو سمندری مچھلیوں کے تمام انڈے ختم ہو جاتے ہوں گے؟

جہازی: نہیں! وہ تو اتنی لاکھوں کروڑوں کی تعداد میں پیدا ہوتے ہیں کہ اگر ان کو انسان، پرندے اور مچھلیاں کھا نہ جائیں تو پورا سمندر انڈوں سے بھر جائے خیر ان سب سے بچ بچ کر ہم اپنا جہاز چلاتے رہے۔ جن کی زندگی سمندر پر گزرتی ہے وہ پانی کا رنگ دیکھ کر

اس کی گہرائی کا اندازہ لگا لیتے ہیں۔ جب پانی کا رنگ گہرا نیلا ہوتا ہے تو ہم کو معلوم ہو جاتا ہے کہ کہ ہم زمین سے دُور ہیں۔ گہرے سمندر میں ہیں۔ اور جہاں اس کا رنگ ہرا یا دوسرا ملا جُلا ہوتا ہے تو سمجھ جاتے ہیں کہ ہم ساحل سے قریب ہیں۔ ساحل سے قریب ہی بہت سی مچھلیاں، پودے اور گھاس پائی جاتی ہیں کیوں کہ سمندر کی اکثر مخلوق اُتھلے پانی میں رہتی ہے۔ گہرائی میں جہاں سورج کی کرنیں نہیں پہنچ پاتیں اور ہر وقت اندھیرا ہی اندھیرا ہوتا ہے وہاں بڑی اور خونخوار مچھلیوں کا گھر ہوتا ہے۔"

نازو: اور اس گہرے اندھیرے میں انھیں اپنا شکار کیسے نظر آجاتا ہے۔

جہازی: اندھیری راتوں میں بعض مچھلیوں کی پیٹھ جگنو کی طرح چمکتی ہے۔ اس کی روشنی میں بڑی اور دیوقد مچھلی سطح پر آکر دوسری مچھلیوں کو ہڑپ کر جاتی ہے۔

اس کے سوا گہرے پانی میں رہنے والی مچھلیوں کی آنکھیں بھی اتنی بڑی ہوتی ہیں!

یہ کہہ کر جہازی نے اپنی دو انگلیوں کو ملاکر ایک بڑا حلقہ بناکر دکھلایا۔

نازو: (حیرت سے) اتنی بڑی ہوتی ہیں؟

جہازی: ہمارے ساتھی ڈاکٹر جانسن نے تبلایا کہ جیسے رات کو شکار کرنے والے درندوں کی آنکھیں بڑی ہوتی ہیں اور رات کو چمکتی ہیں بالکل اُسی طرح اِن مچھلیوں کی بھی آنکھیں بڑی اور روشن ہوتی ہیں۔

نازو: تم نے کبھی مچھلی کو آواز نکالتے سُنا ہے؟

جہازی: عام طور پر تو میں نے مچھلی کی آواز کبھی نہیں سُنی، مگر قطب شمالی کی سیل مچھلی البتہ بلّی کی طرح میاؤں میاؤں کرتی ہے۔ ہم نے بحر اٹلانٹک میں ہوا میں اڑنے والی مچھلی بھی دیکھی۔ اس کو "اڑن مچھلی" (Flying Fish) کہتے ہیں۔ ہر تھوڑی دیر کے بعد وہ سطح آب پر آکر ہوا میں

دور تک اُڑتی رہتی ہے اور پھر پانی میں غائب ہو جاتی ہے۔

نازو: یہ ہوا میں کیوں بار بار

اُڑتی ہے؟

جہازی: اس کا سبب کوئی نہیں جانتا ہے۔

نازو: کیا اس کے پر بڑے ہوتے ہیں؟

جہازی: ہاں، دوسری مچھلیوں سے کچھ ذرا بڑے ہوتے ہیں۔

نازو: (خوش ہوکر) یہ سانس لینے کے لیے پانی سے باہر چھلانگ لگاتی ہوگی۔

جہازی: نہیں، یہ تو مچھلیوں کی طرح سانس لیتی ہے۔

نازو: میری سمجھ میں نہیں آتا کہ مچھلیاں پانی

کے اندر سانس کیسے لیتی ہیں؟

جہازی: ہوا کی طرح پانی میں بھی آکسی جن مِلا ہوا ہوتا ہے۔ تم جس طرح ہوا میں سانس لے کر آکسی جن اپنے پھیپھڑوں میں پہنچاتی ہو، ویسے ہی مچھلی اپنے لیے پانی سے آکسی جن لیتی ہے۔ تم ناک سے سانس لیتی ہو اور مچھلی مُنھ کھول کر پانی کے گھونٹ نگلتی ہے۔ یہ پانی اُس کے گل پھڑوں میں ہوتا ہوا باہر نکل جاتا ہے۔ مگر نکلنے سے پہلے گل پھڑے اُس میں سے آکسی جن چُوس لیتے ہیں۔

نازو: اگر مچھلی بھی آکسی جن کے سہارے زندہ رہتی ہے تو پانی سے باہر نکلتے ہی کیوں مرجاتی ہے؟

جہازی: اس لیے کہ اس کے گل پھڑے صرف پانی سے آکسی جن جذب کرنا جانتے ہیں۔ تمھاری طرح ہوا سے آکسی جن لینے کی اُن میں صلاحیت نہیں ہے۔ اسی لیے پانی سے باہر آتے ہی بغیر پانی کے اس کے گل پھڑے

بند ہو جاتے ہیں اور دم گھٹ جاتا ہے !

نازو: جیسا ہمارا دم پانی میں گھُٹ جاتا ہے ؟

جہازی: میں نے اٹلانٹک میں ایسی مچھلی دیکھی جس کو تیر انداز مچھلی (Archer Fish) کہتے ہیں۔

مچھلیوں میں کوئی گوشت خور اور کوئی سبزی خور ہوتی ہیں۔ یہ تیر انداز مچھلی کیڑے مکوڑے اور مکڑیاں کھاکر اپنا پیٹ پالتی ہے اس لیے ہمیشہ ساحل کے قریب اُتھلے پانی میں اُسی جگہ رہتی ہے جہاں گھاس اور جھاڑیاں ہوتی ہیں۔ وہ دن بھر گھاس کے پاس پانی کے اندر سے تاک لگائے رہتی ہے جہاں گھاس پر کوئی مکڑی یا مکھی آکر بیٹھی کہ اس نے مُنھ میں خوب پانی بھرا اور ذرا سی تھوتھنی پانی سے باہر نکال کر مُنھ سے ایسی پچکاری

ماری جو ٹھیک مکھی کے اوپر جا کے لگی اور وہ چکرا کر نیچے گری بس گرتے ہی اس نے اُس کو ہڑپ کر لیا۔

نازو بی کو جہازی کی باتوں میں بڑا مزہ آ رہا تھا، کہنے لگی:

"اور تمھارا جہاز اِس وقت ہے کہاں پر؟"

جہازی: ہاں تو میں اپنے جہاز کو تو بھول ہی گیا۔ اچھّا تو صاحب اسی قسم کا تماشا دیکھتے ہوئے ہم جا رہے تھے۔ ہم کو سمندر میں کئی گمنام جزیرے ملے جن پر سینکڑوں پرندے بیٹھے ہوئے نظر آئے۔ اب جوں جوں برفیلے سمندر کے ہم قریب آ رہے تھے، پانی میں مچھلیاں اور کیڑے کم ہوتے جا رہے تھے۔ کیونکہ صرف گنگنے پانی ہی میں جاندار مخلوق اور سمندری گھاس پات زیادہ ہوتی ہے۔

" آخر ایک دن صبح ہم نے دیکھا کہ سمندر میں برف کی بڑی بڑی سلیں تیر رہی ہیں۔ کناروں پر برف کی ٹیکریاں کھڑی ہیں۔ بڑی ٹھنڈ ہے۔ آسمان پر بادل چھائے ہوئے ہیں۔ جہاز کا آرا خود بخود ان سلوں کو کاٹتا ہوا جا رہا ہے۔ پانی پر بھی برف جمی ہوئی ہے ہمارے دونوں طرف کا ساحل سفید ہی سفید ہے۔ اور اس برفیلے ساحل پر سیل مچھلیاں پڑی لوٹ رہی ہیں۔ اور بلّی کی جیسی آوازیں نکال رہی ہیں یہ پانی اور خشکی دونوں پر جی سکتی ہیں۔"

نازو بیچ میں بول اُٹھی :

" اور وہ سانس بھی ہماری طرح لیتی ہے؟"

جہازی : ہاں تم نے تو سیل مچھلی کی تصویریں دیکھی ہوں گی؟ کیسی عجیب سی اس کی شکل ہوتی ہے۔ وہ اپنی دُم پر بالکل سیدھی کھڑی ہوجاتی ہے۔ اسی لیے سرکس والے انسے پالتے ہیں

اور اس کو سیدھا کھڑا کر کے اس کی ناک پر گیند رکھ کر تماشا دکھاتے ہیں۔ شکاری اس غریب کے بڑے دشمن ہوتے ہیں۔ کیونکہ اس کی کھال کے دستانے ہینڈ بیگ اور ٹوپیاں بنائی جاتی ہیں ہمارے ڈاکٹر جانسن تو ان کی صرف تصویریں کھینچ رہے تھے!

"سیل کے پاس وہ بد صورت مچھلی پڑی تھی جس کو "والرس" کہتے ہیں، وہ بھینس کے برابر ہوتی ہے۔ اس کے سامنے کے دو دانت باہر کو نکلے اور آگے کو جھکے ہوئے ہوتے ہیں اور کبھی کبھی 20 یا 30 انچ لانبے ہوتے ہیں۔ یہ برفیلے پانی کی

عاشق گھنٹوں سمندر میں تیرتی رہتی ہے یا کنارے پر پڑی برف پر لوٹتی رہتی ہے۔ جب اسے بھوک لگتی ہے تو اپنے دانتوں سے برف کھود کر بڑی بڑی کوڑیاں اور گھونگھے نکال لیتی ہے اور ان میں سے کیڑے کُھرچ کر کھا جاتی ہے۔ اس کے سوا سمندری پودوں اور مچھلیوں کی بھی یہ شوقین ہوتی ہے۔"

نازو: اور سب سے ڈراؤنی مچھلی وھیل (Whale) ہوتی ہے۔ ہے نا؟

جہازی: ہاں مگر اس کو ہم نے نہیں دیکھا اچھا ہی ہوا کیونکہ وہ جہاز کو بڑا نقصان پہنچاتی۔ کہتے ہیں کہ یہ پہلے زمانے میں خشکی پر رہتی تھی اور اب سمندر میں جاکر رہنے لگی۔ اِسی لیے یہ

تمہاری طرح پانی سے باہر آکر سانس لیتی ہے اور اس کے انڈے کے بجائے بچے ہوتے ہیں جنھیں وہ گائے بھینس کی طرح دودھ پلاتی ہے۔ اُس کے مسوڑوں میں بڑے ظالم دانت ہوتے ہیں۔ سیل مچھلی اور قطب شمالی کا سفید بھالو تک اس سے ڈر کر چھپ جاتے ہیں۔"

نازو: ہاں یہ تو تم نے بڑے مزے کی باتیں سُنائیں مگر تم کبھی سمندر کے نیچے بھی اُترے ہو؟

جہازی: ہاں، اس کا صرف ایک ہی مرتبہ اتفاق ہوا ہے جب پچھلی جنگ کے بعد میں ڈاکٹر جانسن کے جہاز پر کام کر رہا تھا۔ ڈاکٹر جانسن ایک مشہور غوطہ خور ہیں اور اپنے ساتھیوں کے ساتھ بحیرۂ عرب میں مچھلیوں کی جانچ پڑتال کر رہے تھے۔ اُن کا جہاز افریقہ کے پورب میں "ازمشن" جزیرے کے قریب رکا ہوا تھا۔ ڈاکٹر جانسن صبح سے شام تک غوطہ خوری اور جانچ پڑتال میں لگے رہتے۔ بےخطر سمندر

کی نیلی گہرائی میں اتر کر تصویریں کھینچتے رہتے اور اندر سے عجیب عجیب جاندار اور مچھلیاں اٹھا لاتے۔ ایک دن وہ ۴ ہاتھ لمبی سمندری ککڑی لے آئے جو (ہاتھ سے تبلاکر)، اتنی موٹی تھی اور جب اس کو بیچ سے دبایا تو اس میں سے دو پتلے سانپ اور ایک مچھلی پیٹ سے باہر نکل پڑیں۔

نازو: ایں! ایسی کیسی ککڑی؟

جہازی: یہ ککڑی بھی سمندر کی ایک جاندار مخلوق ہے اور اپنا پیٹ بھرنے کے لیے مچھلیاں اور سانپ کھاتی ہے۔

ایک دن میں نے ڈاکٹر صاحب سے خوشامد کی کہ مجھے بھی سمندر کے اندر والی دنیا کی سیر کرایئے۔ اور عجائبات دکھلایئے۔ تب انھوں نے مجھے اُس سب سامان سے لیس کر کے جو غوطہ خور پہنتے ہیں اپنے ساتھ سمندر میں اتارا۔ اگرچہ میں بچپن سے

تیرنا جانتا ہوں اور ناک پکڑ کر پانی میں غوطہ بھی لگا لیتا ہوں مگر اُن بوتلوں سے آکسی جن کھینچنا ایک دوسری ہی چیز تھی۔ شارک مچھلی سے بچنے کے لیے میرے ٹخنوں میں ایسی دوا کی گولیاں باندھی گئیں جن کی بو سے وہ دور بھاگتی ہیں۔

مجھے خوب سکھا پڑھا کر ڈاکٹر صاحب میرا ہاتھ پکڑ کر پانی کے اندر اُترتے چلے۔ اب جیسے جیسے میں اندر جا رہا تھا، دھوپ کی سُرخی اور چمک ماند پڑتی جا رہی تھی اور پانی صرف سبزی مائل نظر آ رہا تھا۔ دل چاہ رہا ہے کہ پیر ٹکانے کو کہیں زمین مل جائے مگر زمین کا کوسوں پتہ نہیں عجب سا معلوم ہوتا ہے۔ راستہ میں چھوٹی بڑی مچھلیاں تیرتی ہوئی مل جاتی ہیں مگر مجھے دیکھ کر ایک طرف ٹھٹک جاتی ہیں گویا انھیں اُس نئے جانور سے کوئی واسطہ نہیں جو ان کی خاموش

دنیا میں گھوم رہا ہے۔ مچھلی بھی بڑی بے زبان اور مرنجان مرنج مخلوق ہے۔ اخیر میں میرے پاؤں کسی چیز پر ٹک گئے۔ ڈاکٹر صاحب کے ہاتھ میں برقی مشعل ہے اُس کی روشنی میں صاف نظر آنے لگا کہ میرے اِرد گرد بہت سے سمندری پھول کھلے ہوئے ہیں جنھیں "ایی منی" کہتے ہیں۔ دراصل وہ ایک جاندار پودا ہوتا ہے مگر خوبصورت اور رنگ برنگا۔ اس کے منھ پر پچاسوں پنکھڑیاں پانی میں ہل رہی تھیں اور ان کے پاس مرجان کے پودے چھوٹی جھاڑیوں کی طرح اُگے ہوئے تھے۔ کوئی سبز، کوئی سُرخ اور کوئی نیلا دکھائی دے رہا تھا۔ کسی کی ٹہنی پر کوئی مچھلی اس طرح سہارا لے کر ٹھہر گئی تھی جیسے ڈالی پر چڑیا بیٹھی ہو۔ یکایک سامنے سے ایک بڑی مکڑی جسے "اکٹوپس" کہتے ہیں آتی ہوئی دکھائی دی۔ جو اپنے لمبے لمبے بے ہنگم پاؤں سے تیر رہی

تھی۔ ہمارے قریب آتے ہی اُس نے مُنھ سے کالے پانی کی ایسی پچکاری اُڑائی کہ اس کے آس پاس کا پانی سیاہی مائل کالا ہو گیا اور ڈاکٹر جانسن میرا ہاتھ کھینچ کر مجھے اوپر لے آئے۔

نازو: اُس نے مُنہ سے پچکاری کیوں اُڑائی؟

جہازی: قدرت نے اس کو اپنے بچاؤ کے لیے یہ ہُنر دیا ہے۔

اتنے میں جہاز کی گھنٹی بجنے لگی اور جہازی چونک کر کھڑا ہو گیا۔ بولا: "لو، کھانے کی گھنٹی بھی ہو گئی. اب مجھے ڈیوٹی پر جانا ہے۔"

نازو نے پرجوش طریقہ سے شکریہ ادا کیا اور وہ جھٹ سے چل دیا۔

(۵)

سمندر کیسے بنا؟

جہاز پر نازو بی کے آٹھ دس روز بہت خوشی سے گزرے۔ وہ روزانہ اپنے ابا کے ساتھ جہاز پر گھومتی۔ کبھی چھت پر جاکر دوسرے بچّوں کے ساتھ آنکھ مچولی کھیلتی۔ شام کو سب بچّے ایک کمرہ میں جمع ہوکر تاش یا کیرم کھیلتے۔ اتنے دن اس طرح کھیل کود میں گزر گئے کہ معلوم بھی نہ ہوا۔ آخر وہ وقت بھی آگیا جب جہاز کا سفر ختم ہونے میں صرف ایک دن رہ گیا۔

آخری روز شام کو نازو عرشہ پر جنگلہ سے لگی کھڑی سمندر کی تڑپتی ہوئی لہروں کا تماشا دیکھ رہی

تھی اور اس کے ابّا ایک طرف کرسی پر بیٹھے اخبار پڑھ رہے تھے۔ نازو کو سمندر کی خوبصورتی اور لہروں کے ترنّم سے سیری ہی نہ ہوتی تھی۔ آخر ابّا اخبار بند کرتے ہوئے بولے "نازو! آدمی کو سمندر سے بڑا لگاؤ ہوتا ہے، جانتی ہو کیوں؟"

نازو نے سر ہلایا تو وہ بولے "اِس لیے کہ ہم تم سب سمندر ہی سے تو نکلے ہیں"

نازو: یہ کیسے؟

ابّا: اس لیے کہ جاندار مخلوق سب سے پہلے سمندر ہی میں پیدا ہوئی۔

نازو: تو پھر ہم مچھلیوں کی طرح پانی میں سانس کیوں نہیں لے سکتے؟

ابّا: اس لیے کہ صدیوں کے اُتار چڑھاؤ کے ساتھ ہم زمین کا کیڑا بن گئے اور سمندر سے ہمارا ناتا ٹوٹ گیا۔ ہماری طرح پچاسوں قسم کے پودے بھی

پہلے سمندر میں پیدا ہوئے اور آہستہ آہستہ خشکی کے پیڑ بن گئے۔ اسی لیے سمندر کے کنارے کے پودے اور گھاس اس کی لہروں کو ہماری تمھاری طرح تکتے رہتے ہیں۔

نازو: ابا، پہلے یہ تو بتائیے کہ سمندر بنا کیسے؟

ابا: سائنس داں بتلاتے ہیں کہ اس دھرتی اور سمندر کو جنم لیے سو یا دو سو سنکھ سال سے بھی زیادہ زمانہ بیت چکا ہے۔

نازو: مگر ابا، سمندر میں اتنا پانی کہاں سے آگیا اور نمکین کیسے بن گیا؟

ابا: ان کا خیال ہے کہ خلا میں پہلے کچھ نہ تھا۔ صرف سورج کا ایک دہکتا ہوا اور چمکتا ہوا گیند اپنی کیلی پر خود بخود گھوم رہا تھا۔ ایک دن نہ معلوم کیوں اور کیسے اس میں سے ایک آگ اور گیس کا جلتا ہوا ٹکڑا ٹوٹ کر زور سے گھومتا ہوا نکلا۔ مگر سورج

کی کشش نے اُسے خلا میں گرنے نہ دیا اور وہ سورج کے گرد گھومنے لگا اس کے ساتھ ہی ساتھ وہ لٹو کی طرح اپنی کیلی پر بھی گھومتا رہا۔

نازو : اور یہی بیچاری ہماری دھرتی بن گئی!

آپا : ہاں، یہ وہی ہے جس پر ہم تم اِس وقت رہتے ہیں۔

نازو، افوہ! اُس وقت تو وہ بہت گرم ہو گی!

آپا : ہاں، مگر رفتہ رفتہ اس کے شعلے ٹھنڈے ہوتے گئے اور اس کی بھاپ بادل بن کر زمین کے چاروں طرف پھیل گئی اور زمین ایک دہکتا ہوا گولا بن گئی۔ کچھ زمانے کے بعد اس گولے نے آہستہ آہستہ ایک شکل اختیار کرنا شروع کی۔ جوں جوں اس کے شعلے بجھتے گئے اُس پر طرح طرح کی دھاتیں پگھل کر بہنے اور جمنے لگیں۔ ان دھاتوں میں جو سب سے زیادہ وزنی تھی وہ دھرتی کے پیٹ میں بہت گہری

اُتر گئی۔ اس سے ہلکی دھات کچھ کم اندر اتری اور سب سے ہلکی پھلکی دھات اس کا ہپّڑ بن گئی۔ یہ انقلاب اور تبدیلیاں آنے میں ایک زمانہ لگ گیا اور ہماری دنیا آہستہ آہستہ ٹھنڈی پڑتی گئی۔ اِن طرح طرح کی دھاتوں سے مختلف قسم کے گیس بن بن کر اُٹھنے لگے۔ پھر یہ گیس زمین سے اوپر جاکر بادل بن گئے اور اِن بادلوں نے زمین کو چادر کی طرح اپنے اندر لپیٹ لیا۔ اس وقت تک زمین پر پانی کی ایک بوند تک نہ پڑی تھی۔ بادلوں کے موٹے غلافوں سے سُورج کی ایک کرن بھی کہیں سے چھن کر اس دھرتی تک نہ آسکتی تھی، اور ان موٹی چادروں کے اندھیرے میں اپنی دھرتی سینکڑوں برس گھومتی رہی اور آہستہ آہستہ سرد ہوتی گئی۔ جب وہ خوب ٹھنڈی ہوگئی تو بادلوں نے برسنا شروع کر دیا تب تو یہ بادل

اس بُری طرح برسے کہ ایسی برسات زمین پر کبھی نہ ہوئی۔

نازو: (سکڑکر) اچھا ہوا آبا اس وقت میں یہاں نہ تھی!

آبا: تُم اور ہم تو کیا چیز ہیں۔ اس وقت تک اس زمین پر کچھ نہ تھا۔ نہ سبزہ نہ درخت نہ پھول اور نہ پھل۔ ہاں، تو پانی دن رات برسا مہینوں برسوں بلکہ صدیوں تک برستا رہا۔ یہاں تک کہ اس سوکھی ہوئی دھرتی کے گہرے غار، وادیاں میدان اور گڑھے سب پانی سے بھر گئے۔

نازو: مگر زمین پر گہرے غار اور اونچے پہاڑ کب اور کیسے بن گئے؟

آبا: ہاں، یہ تو میں کہنا بھول ہی گیا کہ جس وقت ہماری دنیا ٹھنڈی پڑتی جارہی تھی اُس کے پیٹ کے اندر کی دھاتیں سکڑتی جا رہی تھیں جس سے اوپر

کی پپڑی میں شکنیں پڑنے لگیں۔ آہستہ آہستہ یہی شکنیں سمٹ کر پہاڑ اور ٹیکریاں بن گئیں۔ اور پہاڑوں کے سمٹ کر اٹھ کھڑے ہونے سے زمین میں گہرے گڈھے، وادیاں اور غار بن گئے۔ بعد میں پانی بھر جانے کے سبب انھوں نے تالاب اور سمندر کی شکل اختیار کر لی۔ پہاڑوں پر سے پانی دریا بن کر نیچے بہتا ہوا ان سمندروں میں جاکر گرنے لگا اور اپنے ساتھ زمین پر سے منوں مٹی چونا اور دھات بھی بہاکر سمندر میں ڈالنے لگا۔ اسی سے سمندر کا پانی نمکین ہوگیا۔ اس میں بھی سینکڑوں برس بیت گئے۔

مگر اب تک اس دھرتی پر نہ درخت نکلے تھے۔ نہ سبزہ نہ گھاس، نہ پودے اور نہ کہیں کوئی جاندار مخلوق پیدا ہوئی تھی۔ اِدھر بادل کے چھٹ جانے سے سورج کی روشنی اور تیز کرنیں زمین اور سمندر

کو گرمانے لگیں۔ سمندر میں سینکڑوں من نمک، گندھک، کاربن اور چونا رل چکا تھا۔ اِن سب کی ملاوٹ اور سورج کی گرمی سے پانی میں آہستہ آہستہ گھاس اور پودے اُگنے لگے۔

اس کے بعد نہ جانے کیسے اسی گھاس پات کے پاس مُنّے مُنّے کیڑے پیدا ہوگئے۔ اور جوں جوں زمانہ گزرتا گیا، نہ معلوم کس وجہ سے بعض کیڑے مچھلیاں بن گئے اور کچھ سانپ بن کر تیرنے لگے۔

نازو: اُفوہ ابّا! ایسا لگتا ہے جیسے یہ سب کل ہی کی تو بات ہے۔

ابّا: نہیں۔ خُدا جانے کتنے لاکھوں اور کروڑوں برس پہلے یہ ہوا ہوگا۔ کیونکہ پھر کئی سو برس میں ان کیڑوں نے دھیرے دھیرے بہت سے روپ بدلے۔ کسی کی پیٹھ میں ہڈی پیدا ہوگئی اور کچھ کی

ریڑھ کی ہڈی میں کانٹے نکل آئے۔ کسی میں غذا ہضم کرنے کے لیے آنتیں بن گئیں۔ اور کسی میں سانس لینے کے لیے پھیپھڑے پیدا ہو گئے مگر یہ سب کچھ پانی کے اندر ہی تھا۔ زمین پر اب تک کوئی جاندار مخلوق نہ تھی۔

کئی صدیوں تک دن رات یوں ہی گزرتے گئے۔ اس کے بعد برسات سے دریاؤں اور سمندر کا پانی دھرتی پر اور پہاڑوں پر چڑھ آیا پھر کچھ زمانے کے بعد جب یہ اترا تو اپنے پیچھے بہت سے جاندار خشکی پر چھوڑ آیا۔ ان میں بہت سے دیو قد اور ہیبت ناک تھے۔ اس کے سوا بہت سے کیڑے اور مچھلیاں بھی تھیں۔ ان میں جو سخت جان تھے، ان کے پاؤں نکل آئے۔ وہ زمین پر پھرنے لگے اور ہوا میں سانس لینے لگے۔ کچھ رینگتے ہوئے نکل گئے بہت سے پھدک پھدک کر درختوں پر چڑھ گئے۔ بعد میں وہی پرندے بن کر فضا میں اڑنے لگے۔ اسی لیے میں کہہ رہا تھا کہ ہم سب جاندار سمندر سے

نکلے ہیں اور ہماری رگوں میں اس کا پانی اور نمک اب تک موجود ہے!

نازو: مگر ہم — ہم کہاں سے آئے؟

ابا: بس سائنس داں تو یہی کہتے ہیں کہ جو جانور خشکی پر بس گئے تھے انھیں میں سے دھیرے دھیرے کئی لاکھ برس کے بعد انسان بھی پیدا ہو گیا!

نازو: ابا کیا سمندر کا فرش بالکل چپٹا نہیں ہے؟

ابا: نہیں، بلکہ سمندر کے کنارے سے پانی میں ایک چٹان شروع ہوتی ہے جس کو (Continental Shelf) کہتے ہیں۔

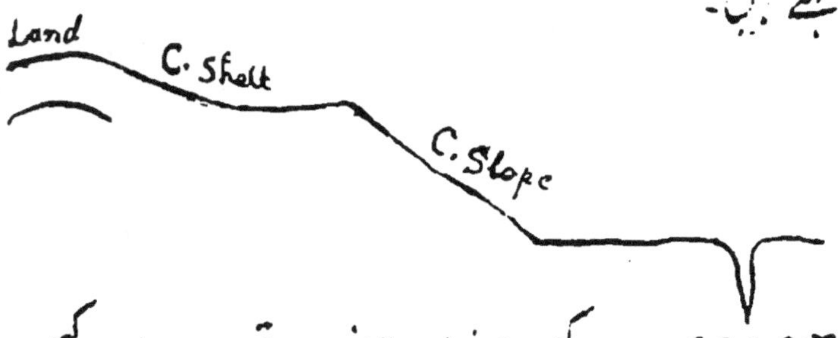

یہ کبھی میلوں لانبی ہوتی ہے۔ اور کبھی بہت چھوٹی ہوتی ہے۔ چٹان ختم ہوتے ایک ڈھلان

شروع ہوتی ہے جس کے بعد یکایک سمندر گہرا اور بہت ہی گہرا ہو جاتا ہے۔ اس گہرائی کی حد و انتہا ہی نہیں بعض سمندر اس قدر گہرے ہیں کہ ان کی تہہ تک کبھی سورج کی کرن تک نہیں پہنچتی۔ بس اندھیرا ہی اندھیرا رہتا ہے۔ وہاں اونچے اونچے پہاڑ وادیاں اور گہرے غار ہیں۔ کبھی کسی جوالامکھی کے پھٹنے سے سمندر میں ایک نیا پہاڑ اُٹھ کھڑا ہوتا ہے اگر وہ بہت اونچا ہے تو سمندر سے باہر اس کا سر نکل آتا ہے اور یہی ہمارے لیے جزیرہ بن جاتا ہے اسی لیے جہاز رانوں کو کبھی یکایک سمندر میں ایک نیا جزیرہ نکلا ہوا ملتا ہے۔ اور کبھی یکایک ایک پرانا جزیرہ غائب ہو جاتا ہے۔

ساحل کی قریب والی چٹان کو دھوپ کی روشنی اور کرنیں گرماتی رہتی ہیں۔ اسی لیے سب سے زیادہ کیڑے، مچھلیاں اور جاندار اس حصے میں پیدا ہوتے

ہیں۔ اس کے سوا ہر سال دریا زمین پر سے طرح طرح کی دھاتیں، ریت اور کنکر اپنے ساتھ بہا کے اس میں ڈالتے جاتے ہیں۔ جن کی وجہ سے اس حصے میں ایسے پودوں کا خزانہ پیدا ہوتا ہے جن سے دوائیں نکالی جا سکتی ہیں۔ مثلاً آیوڈین جو ایک سمندری پودے سے حاصل کیا جاتا ہے۔"

نازو: اور ابا سمندر میں سینکڑوں قسم کی مچھلیاں ملتی ہیں۔

ابا: ہاں اب تک ۱۶ ہزار قسم کی مچھلیاں پائی گئی ہیں۔ اور ہر سال کوئی نہ کوئی نئی مچھلی مل جاتی ہے ان کے عادات وخصائل اور جینے کے طریقے اس قدر مختلف ہیں کہ بس۔ دنیا کے ہر پانی میں مچھلی ہوتی ہے تازہ اور نمکین پانی میں، بہتے ہوئے دریا میں، بڑی جھیلوں میں چھوٹے گڑھوں میں، صحرا کے اتھلے کنوؤں میں، آبشار کے مچلتے ہوئے پانی میں، دلدل میں اور

چشموں کے صاف شفاف پانی میں بھی مچھلیاں ہوتی ہیں۔ تازہ پانی کی مچھلی نمکین پانی میں نہیں جی سکتی۔ اسی طرح ہر سمندر کی مچھلی اپنے ہی سمندری وطن میں پھول پھل سکتی ہے۔ مچھلیوں کے خون کی حرارت اتنی ہی ہوتی ہے جتنی اُس پانی کی ہے جس میں وہ بستی ہیں اسی لیے جب پانی کی حرارت بڑھ جاتی ہے تو اس میں رہنے والی مچھلی کی حرارت بھی زیادہ ہوجاتی ہے۔ ایسے میں یہ مچھلیاں خوب گھومتی پھرتی ہیں زیادہ کھاتی ہیں۔ اور انڈے دیتی ہیں۔ اور جب سردی آتی ہے تو گہرائی میں اُتر کر سوجاتی ہیں۔ اُس وقت اُن کی ہل چل اور کھانا پینا سب بند ہو جاتا ہے۔

" زیادہ تر مچھلیاں سطح سمندر میں اپنے اپنے غول کے ساتھ تیرتی ہوئی رہتی ہیں۔ بہت سی اپنے سے چھوٹی مچھلیاں کیڑے کھا کر جیتی ہیں۔ اور اُن سے چھوٹی مچھلیاں کیڑے کھا کر پیٹ پالتی ہیں۔ بہت

سی مچھلیوں کے منہ میں دانت ہی نہیں ہوتے مگر ایسی بھی مچھلیاں ہوتی ہیں۔ جن کے دانت نہ صرف جبڑوں پر بلکہ تالو، زبان اور حلق تک میں ہوتے ہیں۔ مچھلیوں کے جسم کی ہڈیاں اس قدر نرم اور ملائم ہوتی ہیں کہ جب اور جتنا چاہتی ہیں اپنے جسم کو موڑ لیتی ہیں۔ اُن کی آنکھوں پر پلکیں نہیں ہوتیں۔

نازو: اور وہ اپنے کانوں سے سُن بھی پاتی ہیں یا نہیں؟

ابّا: نہیں کانوں سے سُن نہیں پاتیں۔ البتہ پانی کی ذرا سی ہل چل اور آواز کو لہروں کے ذریعے سمجھ لیتی ہیں، اور بھاگ کھڑی ہوتی ہیں۔ پھر ان میں سونگھنے کی طاقت بہت بڑھی ہوئی ہوتی ہے۔ کسی مچھلی کی ناک میں دونوں طرف دو دو سُوراخ ہوتے ہیں۔ تمھیں تو معلوم ہوگا کہ وہ اپنی ناک سے سانس

نہیں لے پاتیں۔

سمندر میں بعض بہت ہی خوب صورت اور چمکدار مچھلیاں پائی جاتی ہیں۔ کوئی نارنجی جس پر کالی کالی دھاریاں ہوتی ہیں تو کسی کا جسم شیشے کے جیسا ہوتا ہے کہ اس کے اندر کے کانٹے تک نظر آتے ہیں۔ ایک کے پر بالکل تتلی کے مانند باریک، نازک اور بہت سے رنگوں سے مزین ہوتے ہیں۔ ایک ایسی ہوتی ہے جس کے دونوں پر بہت چتنٹ والے چوڑے چوڑے ہوتے ہیں۔ جب وہ تیرتی ہے تو معلوم ہوتا ہے کوئی غرارے کے پائنچے پھڑکاتا لہراتا ہوا جا رہا ہے اور بہت سے سمندری کیکڑوں کی پیٹھ پر دھنک کے سب رنگ پائے جاتے ہیں۔

نازو: مگر سمندر میں بدشکل مچھلیاں بھی تو ہوتی ہیں؟

ابّا: ہاں، گہرے سمندر کے سرد پانی میں ایسی

ہیبت ناک اور دیو قد مچھلیاں ہوتی ہیں کہ کسی کا جسم چھوٹا ہے تو سر ہاتھی کے برابر بڑا۔ کسی کے دانت باہر نکلے ہوئے ہیں تو کسی کے جسم پر بے شمار کانٹے خنجر جیسے نکلے ہوئے ہوتے ہیں۔ یہ ایک دوسرے کا شکار کرتی پھرتی ہیں اور بعض اپنے جسم سے بھی بڑی مچھلی ثابت نگل جاتی ہیں۔

نازو : ابا تو پھر چھوٹی مچھلیاں اپنا بچاؤ کس طرح کرتی ہیں؟

ابا : قدرت نے ہر جاندار کو اپنے بچاؤ کے لیے کوئی نہ کوئی "ہتھیار" دے رکھا ہے۔ بہت سے کیڑے کوڑی کے اندر رہتے ہیں۔ بہت سے اپنی حفاظت کے لیے اپنی پیٹھ پر ڈھال لے کر گھومتے رہتے ہیں جیسے کیکڑے جھینگے اور کچھوے۔

پہاڑوں کے قریب سمندر میں رہنے والی مچھلیوں کا رنگ ایسا ملگجا ہوتا ہے کہ وہ آسانی سے

نظر نہیں آتیں۔ اور وہ پہاڑوں سے کھرچ کھرچ کے سبزہ کھاتی ہیں۔ بعض کو قدرت نے بچاؤ کے لیے آرہ جیسی دُم دے دی ہے۔ کسی کو ایسے زہریلے ڈنک دے رکھے ہیں کہ وہ جس کے چُبھ جائے وہ تڑپ تڑپ کر مرجاتا ہے۔

نازو: ابّا جہازی صاحب کہتے تھے کہ "کاڈ" مچھلی ہزاروں انڈے پانی پر چھوڑتی جاتی ہے جو دوسری مچھلیاں کھاجاتی ہیں!

ابّا: یہ مچھلیوں کی عادتیں بھی نرالی ہوتی ہیں۔ "سالمن" مچھلی بحر اٹلانٹک میں بہت پائی جاتی ہے۔ وہ انڈے دینے کے زمانے میں سمندر کو چھوڑ کر کسی دریا میں چلی جاتی ہے اور اس کے اُلٹے بہاؤ میں تیرتی ہوئی انڈے چھوڑتی جاتی ہے۔

نازو: یہ تو بڑی عجیب بات ہے۔ مگر وہ ایسا

کیوں کرتی ہے؟

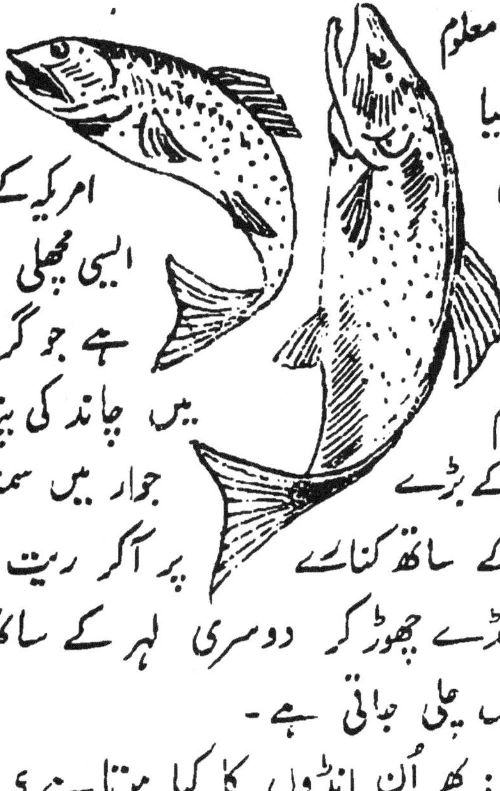

آپا: معلوم نہیں اس کی کیا وجہ ہے اور مغربی امریکہ کے سمندر میں ایک ایسی مچھلی پائی جاتی ہے جو گرمیوں کے موسم میں چاند کی پندرھویں تاریخ کے بڑے جوار میں سمندر کی لہروں کے ساتھ کنارے پر آکر ریت میں اپنے انڈے چھوڑ کر دوسری لہر کے ساتھ سمندر میں واپس چلی جاتی ہے۔

نازیہ: پھر اُن انڈوں کا کیا ہوتا ہے؟

آپا: جوار کی دوسری لہریں اس پر ریت بچھا دیتی ہیں۔ وہ ایک مہینے تک ریت میں دبے ہوئے دھوپ سے سِکتے رہتے ہیں۔ پھر پورے ایک

مہینہ کے بعد جب چاند کی پندرھویں تاریخ کو سمندر میں زبردست جوار آتا ہے تو پانی کی لہر کی رگڑ سے انڈے پھوٹ جاتے ہیں، اور بچّے پانی کے ساتھ سمندر میں چلے جاتے ہیں۔

نازو: یہ مچھلی کی ماں بھی عجیب ہو گی۔

ابّا: ایک اور ماں کا قصّہ سنو۔ جب وہ انڈے دیتی ہے تو نر ان کو اپنے پیٹ کے نیچے چھپا لیتا ہے اور اس وقت تک انھیں ساتھ لیے پھرتا ہے جب تک وہ پھوٹ کر مچھلیاں نہ بن جائیں ایک مچھلی اپنے انڈے منہ میں لیے پھرتی ہے اور جو کوئی دشمن ملتا ہے تو اُسے اپنی دُم سے مار کر بھگا دیتی ہے۔ اور جب اپنے بچّوں کو دودھ پلانا چاہتی ہے تو سمندر کی سطح پر آکر پانی پر لیٹ جاتی ہے تاکہ بچّہ دودھ پی سکے۔

اس کے بعد ابا چُپ ہو گئے پھر کہا: جاؤ اپنا بکس ٹھیک کر لو، کل صبح ہم آسٹریلیا پہنچ جائیں گے"۔

(۶)

مونگے کی چٹّان

دس دن کے سفر کے بعد نازو کا جہاز مغربی آسٹریلیا کے شہر "پرتھ" کے بندرگاہ پر رُکا جہاں سے سب طالب علم اُتر کر ریل کے ذریعے "گلاڈسٹن" شہر پہنچے جو اس براعظم کے اُتری پورب میں واقع ہے۔ یہاں سے مونگے کی چٹّان شروع ہوکر اُتر کی طرف چلی گئی ہے۔ یہ چٹّان کسی جگہ تو ایک سو پچاس میل چوڑی ہے اور کسی جگہ صرف بارہ میل چوڑی ہے۔ اس طرف کے سمندر کو "مونگے کا سمندر" (The Coral Sea) کہتے ہیں۔ دنیا میں یہ سب سے بڑی اور مشہور مونگے کی چٹّان ہے۔ اس دریا میں ہر طرف پچاسوں چھوٹے بڑے جزیرے پھیلے ہوئے ہیں۔

جن پر سرسبز پہاڑیاں اور ہریالی ہے۔ ان جزیروں پر صرف ماہی گیر بستے ہیں۔ اس دریا کے نیچے تہ بہ تہ مونگے کی چٹان بچھی ہوئی ہے جو کئی سو فیٹ موٹی ہے۔ اس لیے یہاں بڑے جہاز کا چلنا مشکل ہے۔ کہیں کہیں سے جہاں چٹان کم ہے اور پانی گہرا ہے وہاں سے جہاز بہت احتیاط سے گزرتا ہے۔

یہاں کے پچاسوں جزیروں میں سے ایک کا نام "ہیرن" ہے جس پر ہمارے سب طالب علم اتارے گئے۔ سیاحوں کے لیے اس پر کئی ہوٹل وغیرہ بنوا دیے گئے ہیں اور ہر سال سینکڑوں شوقین مسافر دور دور کے ملکوں سے آکر مونگے کے دریا اور وہاں کے عجائبات کا نظارہ کرتے ہیں۔

حکومت نے "ہیرن" جزیرے پر ایک "سمندری تحقیق" کا محکمہ بھی بنا رکھا ہے۔ ہیرن کے تمام ساحل پر سفید ریت بچھی ہوئی ہے اور اُس پر مونگے اور

دوسرے سمندری عجائبات ہر طرف پھیلے ہوئے ہیں۔

غرضکہ نازو بی، ان کے ابّا اور دوسرے ساتھی "گلاڈسٹن" سے ایک چھوٹی کشتی میں بیٹھ کر "ہیرن" آئے۔ یہاں سے "سمندری تحقیق" کے محکمہ کا ایک اُستاد اس گروہ کے ساتھ ہولیا۔ جس نے دو تین روز صبح سے شام تک ان سب کو ساتھ لے کر مونگے کی دنیا کے عجائبات خوب دکھلائے۔

"ہیرن" پر اپنے ہوٹل میں پہنچ کر جب یہ سب کھانا کھا کر جمع ہوئے تو استاد نے ان سب سے کہا:

"کل صبح ہم سب ساحل پر مونگے کی سیر کو نکلنے والے ہیں۔ اس سے پیشتر میں چاہتا ہوں کہ تم کو سمجھا دوں کہ یہ مونگا کیا چیز ہے اور اس کی چٹان کس طرح بنی ہے؟ اور بنتی جا رہی ہے۔ یوں تو مونگا دنیا کے ہر سمندر کے پانی میں پایا گیا ہے۔ یہاں تک کہ شمال کے برفیلے پانی میں بھی کبھی مونگا

نظر آجاتا ہے۔ مگر اتنی عظیم الشان مونگے کی چٹان گرم اور اتھلے پانی ہی میں بن سکتی ہے۔ آسٹریلیا کی مونگے کی چٹان دنیا میں سب سے بڑی اور موٹی ہے۔ یعنی ہمارے براعظم کے پوربی کنارے کے ساتھ ساتھ یہ ۱۲۰۰ میل تک چلی گئی ہے۔ ہر سال سینکڑوں سیاح اس کو دیکھنے کے لیے یہاں آتے ہیں مگر کسی کو اس کی اجازت نہیں ہے کہ مونگے کا ایک ٹکڑا بھی یہاں سے اٹھا کر لے جائے۔ مونگے کے دریا میں یہ جو پچاسوں چھوٹے بڑے جزیرے آپ کو نظر آتے ہیں ان میں بہت سے تو ایسے ہیں جہاں کسی انسان کا اب تک قدم نہیں پہنچ سکا۔ ان کی تلاش اور تحقیق جاری ہے۔ ان جزیروں سے پچاسوں آبشار سمندر میں گرتے ہیں۔ اور سامنے کا یہ سارا سمندر اور ساحل جاندار مونگے سے آباد ہے"۔

استاد نے کچھ دیر ٹھہر کر پھر کہا کہ: "مونگا دراصل ایک سمندری کیڑا ہوتا ہے جس کو ایک زمانے تک سب بے جان پودا سمجھتے تھے۔ یہ ایک ایسا کیڑا ہے جس کے ہڈی اور کانٹے نہیں ہوتے۔ بس سمجھ لیجیے کہ یہ ایک لئی دار لوتھڑا ہوتا ہے جو چونے کا گھر بنا کر اس میں چپکا رہتا ہے۔ یہ آزادی سے پانی میں گھوم پھر نہیں سکتا۔ اور اس کا ڈھانچہ آہستہ آہستہ پتھر کی طرح سخت ہو جاتا ہے۔ کیڑے کو آپ دیکھیں تو اس کا جسم ادھ کھلے پھول جیسا ہوتا ہے۔ جس کے منہ پر بہت سی مونچھیں نکلی ہوئی ہیں۔ ان مونچھوں پر باریک بال ہوتے ہیں جو کانٹے کی طرح چبھتے ہیں۔ انھیں باریک کانٹوں سے یہ اپنی غذا کے لیے کیڑے پکڑتا ہے۔

"مونگا ایسے گنگنے پانی میں رہتا ہے جس کی حرارت ۷۰ ڈگری فارن ہائٹ تک ہو، اس لیے چٹان بنانے

والا مونگا ۔ بحرالہند یا بحرالکاہل ہی میں پیدا ہوتا ہے۔
بحر اٹلانٹک میں بہت کم پایا جاتا ہے۔ مونگا
۱۵۰ فٹ سے زیادہ گہرے پانی میں نہیں پیدا ہوتا۔

" اس کی اولاد اس طرح سے بڑھتی ہے کہ
اس کے جسم پر خود بخود ایک چھوٹی سی کلی نمودار
ہوتی ہے جو بڑھتی جاتی ہے۔ پھر اس کے سامنے
کے منہ پر اس کی "ماں" کی ایسی مونچھیں پیدا
ہوجاتی ہیں جن سے وہ خود اپنے لیے کیڑے
پکڑ کر کھانا شروع کرتا ہے۔ رفتہ رفتہ وہ اپنی
"ماں" کے برابر بڑا ہوجاتا ہے۔ مگر کبھی ماں کے
کے جسم سے الگ نہیں ہوتا اسی طرح "ماں" کے
جسم سے کئی کلیاں پھوٹ نکلتی ہیں اور بڑی
ہوتی جاتی ہیں۔ خیال کیا جاتا ہے کہ مونگا ایک
سال میں ایک یا دو انچ بڑھتا ہے۔ اس کے بعد
ان بچوں کے ڈھانچے سے بھی کلیاں نکلتی رہتی ہیں

اور پرانے ڈھانچے پتھر کی طرح سخت بنتے جاتے ہیں اس طرح سے اس کی اولاد زیادہ ہوتی چلی جاتی ہے اور وہ اونچائی اور چوڑائی میں بڑھتا جاتا ہے۔ اس کی برادری ایک سے ہزار ہو جائے۔ تب بھی وہ سب ایک دوسرے سے چپکے ہوئے رہتے ہیں۔ اپنی اپنی جگہ کھاتے ہیں۔ اور بڑھتے بڑھتے درخت کے ایسے اونچے ہو جاتے ہیں۔ مونگا ہمیشہ ایسے صاف ستھرے سمندر میں پیدا ہوتا ہے جس میں کوئی دریا زمین پر سے مٹی وغیرہ لاکر نہیں ڈالتا ہے۔"

"مونگے کئی قسم کے اور بہت سے رنگ کے ہوتے ہیں۔ ایک قسم ایسی ہے جو پنکھے کی شکل کی ہوتی ہے اور بہت سے سمندروں میں پائی جاتی ہے۔ ایک سُرخ مونگا ہوتا ہے "جو "مرجان" کہلاتا ہے بحر ابیض کی فرشی چٹانوں پر پایا جاتا ہے اور پانی

کے اندر مُنّی مُنّی جھاڑیوں پر نیلے سفید رنگ کے پھول جیسا نکلتا ہے۔ اس کی مونچھیں چھوٹی سی جھالردار ہوتی ہیں۔ کسی زمانے میں ہمارے یہاں سے کالا مونگا تعویذ اور زیور بنانے کے لیے ہندوستان جایا کرتا تھا۔

" آسٹریلیا کی اس عظیم الشان چٹان کا زیادہ حصہ برف کی رسلوں کی طرح پانی کے اندر ہے۔ سمندر کے نیچے مونگے کا ایک جنگل میلوں تک پھیلا ہوا ہے اور اس کی ایک دیوار سی بنی ہوئی کھڑی ہے۔ اس دیوار اور برّ اعظم کے ساحل کے درمیان پانی کی ایک پتلی کھاڑی ہے جس میں سے جہاز گزرتے ہیں ان کی رہبری کے لیے خاص ایسے رہنما ہیں جو اس کھاڑی میں جہازرانی سے واقف ہوتے ہیں ورنہ اس میں جہاز چلانا آسان کام نہیں ہے۔

اِن چھوٹے چھوٹے جزیروں کے نیچے بھی مونگے کی چٹان بچھی ہوئی ہے۔ ان پر سوائے ماہی گیروں اور لائٹ ہاؤس کے چوکی داروں کے کوئی نہیں رہتا ہے۔ یہاں کے پانی میں موتی کے سیپ بھی پائے جاتے ہیں اور شارک مچھلی اور مگرمچھ بھی بستے ہیں۔"

اتنا بتا کر استاد صاحب رخصت ہوئے اور ہدایت کر گئے کہ کل صبح بہت سویرے ساحل پر سیر کے لیے نکلا جائے گا۔

دوسرے روز سویرے سمندر میں بھاٹا تھا۔ اور پانی ساحل سے بہت دور ہٹ گیا تھا۔ ساحل کی سفید ریت دھوپ میں چمک رہی تھی ہر ایک طالب علم کے پاؤں میں ربر کے جوتے تھے کیونکہ مونگے کی چٹان کی تیز دھاریوں پر پاؤں کے کٹ جانے کا اندیشہ تھا۔ ہاتھوں پر بھی بچاؤ کے لیے چمڑے کے دستانے پہنے ہوئے

تھے ۔ اس کے سوا ان کے پاس ایسی چھوٹی بالٹیاں تھیں جن کے پیندوں میں شیشہ لگا ہوا تھا ۔ استاد کے ہاتھ میں ایک چھڑی اور مچھلیاں پکڑنے کی چھوٹی سی جال تھی ۔

نازو نے دیکھا کہ ساحل کی سفید ریت پر جگہ جگہ چھوٹے بڑے گڑھے ہیں جن میں پانی بھرا ہوا ہے ۔ تمام ساحل پر خوب صورت بڑی چھوٹی رنگ برنگی کوڑیاں بچھی ہوئی ہیں اور ہر طرف بے جان مونگے بکھرے پڑے ہیں ۔ کوئی گلابی پنکھا معلوم ہوتا ہے تو کوئی نیلا پھول ، کوئی کنگھا معلوم ہوتا ہے تو کوئی بھورا گھونگا ہے ۔ اور کوئی نیلا سنکھ ۔ مونگے کے ٹوٹے ہوئے باریک ٹکڑوں سے ساحل پر بیل بوٹے بنے ہوئے ہیں جن میں دھنک کے سب رنگ ملے ہوئے ہیں ۔ گڑھوں کا پانی بھی

نیلا اور پیلا لگ رہا تھا۔ اور اس قدر صاف و شفاف تھا کہ اس کے اندر مونگا اور مچھلیاں صاف نظر آ رہی ہیں۔

نازو نے تعجب سے دیکھا کہ ساحل پر بکھری ہوئی کوڑیاں بڑی بڑی پلیٹوں کے برابر ہیں۔ اب یہ سب بہت سنبھل سنبھل کر قدم رکھتے جاتے ہیں کہ کہیں کسی مونگے کی دھار پر پاؤں نہ پڑ جائے۔ استاد ساتھ چل رہے ہیں اور ساحل کے عجائبات دکھلاتے جا رہے ہیں۔ پھر ایک گڑھے کے پاس رک کر بولے:

"اس کے اندر مونگے کا تماشا دیکھو۔"

ان سب نے جھک کر جو دیکھا تو پانی آئینہ کی طرح صاف ہے اور اندر ایک تصویر خانہ کھلا ہوا نظر آ رہا ہے۔ مونگے کے زندہ کیڑے پھول پتی جیسے پتھر سے چپکے ہوئے اپنی مونچھوں

کو پانی میں ہلا رہے ہیں۔ کوئی گلابی ہے کوئی ہرا، کوئی نیلا۔ ایک دوسرے سے چپکے ہوئے ایسے معلوم ہوتے ہیں جیسے کوئی پھول گوبھی ہے۔ تو کوئی بند گوبھی۔ کوئی نازک سی فیتہ کناری معلوم ہو رہا ہے۔ ان میں سے بہت سے مرکر سخت گھونگھے بن چکے ہیں۔ مگر جو جیتے جاگتے ہیں وہ نرم لئی دار ہیں۔ کسی نے انھیں ہاتھ سے پکڑ کر کھینچا تو وہ ربر کی طرح تن گئے۔ اسی گڑھے میں "مونگے کی مچھلی" جو ایک خاص گلابی رنگ کی ہوتی ہے اس کے پاس گھوم رہی ہے اس پر مونگے کی زہریلی مونچھ کا کوئی اثر نہیں ہوتا۔ وہ مونگے کے گھر کے ایک سوراخ میں داخل ہوتی ہے اور دوسرے سے نکل جاتی ہے۔ گڑھے میں بڑے بڑے کوڑے پڑے ہوئے ہیں۔ ان کے اندر رہنے والے کیکڑے کبھی آدھے باہر نکلے ہوئے ہیں۔

آگے بڑھ کر استاد نے دوسرے گڑھے کو دکھلا کر کہا: "اس میں سمندری لکڑی پڑی ہے۔ اسے باہر نکال کر اس کا تماشا دیکھو۔"

لڑکوں نے اسے ہاتھوں سے پکڑ کر باہر نکال کر دبانا شروع کیا تو اس کے منہ سے پہلے چھوٹی مچھلیاں نکلیں پھر ایک لیس دار تار نکلنے لگا جو گزوں نکلتا چلا گیا، اور کسی طرح ختم ہی نہ ہوتا تھا، استاد نے ہنس کر کہا کہ "اسے اب اٹھا کر اسی گڑھے میں رکھ دو۔" لڑکوں نے بیزار ہوکر اُسے پھر رکھ دیا۔

اب یہ لوگ چلتے جا رہے ہیں اور جُھک جُھک کر گڑھوں میں دیکھتے جا رہے ہیں۔ کسی میں ایسی رنگ برنگی مچھلیاں ہیں جن کے پَر تتلی کے مانند باریک ہیں تو کوئی چمکیلی گلابی ہے۔ یکایک بازو بی نے دیکھا کہ ریت پر ایک ایک بالشت

بڑے "ستارے" پڑے ہوئے ہیں۔ استاد نے ان کا نام "ستارہ مچھلی" (Star Fish) تبلایا اب جو اس کو جھک کر ہاتھ لگایا تو وہ ایسی نرم تھی کہ معلوم ہوتا تھا گُندھا ہوا آٹا۔ استاد بولے:

"ستارہ مچھلی کے نہ ہڈی ہوتی ہے نہ کانٹے۔ دیکھنے میں یہ جتنی خوب صورت ہے اتنی ہی خونخوار ہے۔ اگر کوئی کیڑا یا مچھلی اس کے "ہاتھ" کے قریب آجاتی ہے تو اسے ہڑپ کر جاتی ہے۔ اس کی انگلیوں کے نیچے پچاسوں ننھے ننھے پاؤں ہوتے ہیں۔ جن کی مدد سے یہ چلتی ہے۔ سردیوں کے موسم میں یہ سمندر کے نیچے بیٹھ جاتی

ہے اور گرمیوں میں اوپر آکر ساحل پر رہتی ہے۔ اس وقت یہ جوار کے انتظار میں پڑی دھوپ لے رہی ہے۔"

آگے بڑھ کر استاد نے ایک پتھر کے نیچے سے بڑا سا کانٹوں بھرا "گیند" اپنی چھڑی پر چبھو کر اوپر اٹھا لیا اور دکھا کر بولے:

"اسے" سمندری شریر لڑکا" (Sea Urchin) کہو تو ٹھیک ہوگا۔ یہ کانٹوں کا گولا نہیں ہے۔ بلکہ ایک قسم کی جاندار سمندری مخلوق ہے۔ یہ گیند کی طرح اُچھلتا نہیں بلکہ اپنے ان پچاسوں باریک کانٹوں سے رینگتا ہے۔ اس کے چلنے کا انداز بھی عجیب ہے۔ پہلے اپنے پچاسوں کانٹے آگے بڑھا کر انھیں ریت میں گاڑ دیتا ہے تب کہیں تھوڑا سا آگے بڑھ پاتا ہے۔ اس کا ایک بھی کانٹا اگر ہمارے چبھ جائے تو ایسا

زخم پڑ جاتا ہے۔ جو بعد میں پک جاتا ہے۔"

آگے بڑھ کر استاد نے ایک گڑھے کی طرف اشارہ کیا جس میں خوب صورت نارنجی رنگ کے پھول کھلے ہوئے اپنی پنکھڑیاں ہلا رہے تھے۔ استاد نے تبلایا کہ: "یہ اینی منی" (Anemone) ہے جو پھول نظر آتے ہیں مگر اصل میں یہ ایک جاندار کیڑا ہے۔ جو پتھر میں چپکا رہتا ہے اور دن بھر اپنا منہ کھول کر زہریلی پنکھڑیاں ہلاتا رہتا ہے۔ اور رات کے وقت پنکھڑیاں اندر لے کر منہ بند کر کے سو جاتا

ہے۔ اس کی ہر ایک پنکھڑی زہریلی ہوتی ہے۔ اگر کسی بھی مچھلی کے لگ جائے تو وہ چکرا کر اس کے منہ میں گر جاتی ہے۔ مچھلی کے گرتے ہی اس کا منہ بند ہو جاتا ہے اور پھر اس وقت کھلتا ہے جب وہ مچھلی کو کھا چکتا ہے۔ مگر ایک چھوٹی سی خاص نارنگی مچھلی ایسی بھی ہے جو ہر وقت اپنی منی کے پاس گھومتی رہتی ہے۔ اور اس پر اس کی زہریلی پنکھڑی کا کوئی اثر نہیں ہوتا۔"

اس کے بعد استاد ان سب کو لے کر سمندر کے کنارے پر گئے۔ وہاں ایک ایسی ناؤ میں ان کو بٹھایا جس کے پیندے میں لکڑی کے تختے کے بجائے شیشہ لگا ہوا تھا۔ اس میں سے سمندر کا پانی صاف نظر

آرہا تھا۔ جیسے ہی کشتی سمندر میں چلنے لگی، اُن سب پر ایک کمبل ڈال کر استاد بولے: "اب تم جھُک کر اس شیشے سے سمندر کے اندر کا تماشا دیکھو۔"

ناؤ آدھی سے زیادہ پانی کے اندر ڈوبی ہوئی تھی اور اس کے شیشے سے سمندر کا "عجائب گھر" نظر آرہا تھا۔ اندر مونگے کی چٹان رنگ برنگی پھولوں کی کیاریوں کی طرح پھیلی ہوئی تھی۔ اُن میں بھانت بھانت کی مچھلیاں تیر رہی تھیں۔ اور اینی منی کے نارنجی اور گلابی گچھے پھولوں کی طرح کھلے ہوئے جھوم رہے تھے اور اپنے ڈنک ہلا رہے تھے۔

یہ سب تماشا دیکھتے ہوئے ناؤ ایک دوسرے جزیرے تک پہنچی جس کے کنارے پر

ایک جرمن فن کار نے ایک مکمل شیشہ کا بڑا پنجرہ بناکر اُسے بڑی استادی سے پورا پانی کے اندر اتار کر رکھ دیا تھا۔ اور وہاں اُسے مضبوط زنجیروں اور پتھروں سے باندھ کر جڑ دیا تھا۔ اس کی چھت پر سے ایک سیڑھی کے ذریعے یہ سب اندر اتار دیئے گئے، اندر پہنچتے ہی حیرت سے نازو کی آنکھیں کھُل گئیں۔ یہاں کس آرام سے یہ سب سمندر کے چاروں طرف کا نظارہ کرسکتے تھے اور لطف اٹھا رہے تھے! شیشہ کے قریب اپنی منی منہ کھولے تاؤ دکھا رہے تھے۔ مچھلیاں شیشے کے قریب آکر اندر والوں کو گھور رہی تھیں اور بے خوف و خطر آنکھ مچولیاں کر رہی تھیں۔ سامنے سے ایک شارک مچھلی آنکلی اور شیشہ کو منہ لگاکر اندر دیکھتی رہی۔ پھر گھوم کر چلی گئی۔

غرضکہ بہت دیر تک یہ بچے سمندری تماشا دیکھتے رہے اور اس سے نازو کا دل کسی طرح سیر ہی نہ ہوتا تھا۔ مگر بہت دیر کے بعد آخر اِن سب کو واپس آنا پڑا۔

تیسرے روز نازو اور اُس کے ساتھی اِن دلچسپ نظاروں کو خیر باد کہہ کے وطن روانہ ہو گئے۔